www.tredition.de

AF177582

Roger Sidler

Parisienne gelb
ohne Filter

www.tredition.de

© 2019 Roger Sidler

Verlag und Druck: tredition GmbH, Halenreie 40-44,
22359 Hamburg

Lektorat: Andrea Weibel
Umschlag: Maksim Klopfstein

ISBN
Paperback: 978-3-7482-4746-3

Parisienne gelb ohne Filter

Mit offenen Augen starrte Grossmutter auf den Fernseher. Sie lag ausgestreckt auf dem dunkelbraunen Stuhl, einem eleganten und bequemen Ledersessel, der sich per Knopfdruck in die gewünschte Position bringen liess. Daneben auf dem Tischchen quoll ein Aschenbecher über von Zigarettenstummeln. Zeitlebens war sie eine starke Raucherin gewesen, wobei sie Parisienne gelb ohne Filter bevorzugte. Eine heimische Marke aus dem Jura, starker Tobak, wie sie gerne grinsend betonte. Auf dem Bildschirm des Fernsehers flimmerten ununterbrochen weiss-graue Flocken, wirbelten in den ewig gleichen Rhythmen herum, denn um diese Zeit strahlte der von ihr am Vorabend gewählte Sender kein Programm mehr aus. Vom Rauschen des künstlichen Schneegestöbers war nichts zu hören, da Grossmutter pflichtschuldigst ihren Kopfhörer trug, damit die Nachbarn sich nicht mehr über den allabendlichen Lärm beklagten. Sie hörte nämlich schlecht, war auf einem Ohr praktisch taub. Früher, als es regelmässig zu Reklamationen gekommen war, weil sie sich das Abendprogramm bei voller Lautstärke angeschaut hatte, hatte die alte Frau kaum einen Dialog mitbekommen. Erst dank dem Kopfhörer, einem Geschenk ihrer beiden Söhne, konnte sie der Handlung der Liebesgeschichten, die sie am meisten mochte, wieder folgen. Manchmal stellte sie trotz Kopfhörer den Ton ab. Es gefiel ihr so fast besser. Es war ein bisschen wie früher. In letzter Zeit hatte sie das öfter getan.

Lukas zog den kalten Rauch, der in der Wohnung hing, langsam tief in sich hinein. Nichts an diesem Geruch wollte ihn an Grossmutter erinnern. Dieser Rauch roch unangenehm, abweisend. An Grossmutters Qualm, der mit jeder Zigarette dichter wurde, hatte sich Lukas nie gestört. Die aufsteigenden und bald auseinanderfallenden Kringel verband er mit Wärme und Behaglichkeit. Wenn Grossmutter rauchte, sass sie auf einem Stuhl und nahm sich Zeit. Manchmal dauerte diese Pause mehrere Zigaretten lang. Fast zwei Päckchen am Tag fielen den kleinen Unterbrechungen im Alltag zum Opfer, weshalb Freunde wie Bekannte als Geschenk gerne eine Stange Parisienne mitbrachten. Damit war nun Schluss. Noch immer lag die alte Frau ausgestreckt auf dem Ledersessel.

Grossmutter hatte Lukas vor rund einem Jahr einen Schlüssel für ihre Wohnung überlassen, ihren Reserveschlüssel, den sie seit Jahren in der Abstellkammer hinter dem Vorhang in einer kleinen Schachtel versteckt hatte, zusammen mit anderen Zweitschlüsseln. Grossmutter hörte nicht nur schlecht, sondern sparte andauernd Batterien für ihr Hörgerät, indem sie das Gerät ausschaltete oder die Batterien gar nicht erst einsetzte. Sündhaft teuer seien die, schimpfte sie. Und zu ihr komme ja sowieso selten jemand zu Besuch, da brauche sie auch nichts zu hören. Als Lukas einmal minutenlang auf die Klingel gedrückt hatte, bis endlich die Türe aufgegangen war, hatte sie ihm ihren Reserveschlüssel anvertraut. Er solle niemandem davon erzählen, ermahnte sie ihn in verschwörerischem Ton.

Als Lukas die Wohnungstüre von aussen aufgeschlossen hatte, spürte er gleich, dass etwas nicht stimmte. Schon beim Eintreten hätte er Grossmutter sehen müssen. Normalerweise sass sie um diese Stunde in der schmalen Küche, trank Milchkaffe und weichte darin Brocken von ihrem mit Konfitüre bestrichenen Butterbrot auf. Im Aschenbecher hätte ganz sicher eine Zigarette geglommen, vor ihr auf der Tischplatte hätte ein Kreuzworträtsel gelegen. Doch die Küche war leer. Mit dem Schlüssel in der Hand trat Lukas in das kleine Entree mit der Garderobe auf der linken und dem Vorhang, hinter dem sich die Abstellkammer verbarg, auf der rechten Seite. Sein Blick eilte durch die schmale Türe ins Wohnzimmer voraus. Als Erstes bemerkte er den flimmernden Fernseher, den Grossmutter wohl vergessen hatte abzuschalten, dann drehte er sich zum Lederstuhl.

Wie lange hatte er dort vor dem Stuhl gestanden? Zwei Minuten, zwei Stunden? Noch immer pochte

Lukas' Herz. Beim kleinsten Geräusch wäre er losgerannt, Hals über Kopf, aber in der Wohnung war es totenstill. Er ging zwei Schritte auf Grossmutter zu. Vorsichtig berührte er ihren Arm, um sogleich zurückzuschrecken, denn ihre Haut fühlte sich steif und kalt an. Auf einmal kam sie ihm klein vor, ein in sich zusammengefallenes Mütterchen. Ein Häufchen mit dünnen Beinen. Sie wog wohl keine 50 Kilo mehr. Schäbig sah Grossmutter auf einmal aus in ihrem verwaschenen blauen Kleid, über das sie eine Schürze gebunden hatte, weil sie andauernd ihren Kaffee ausschüttete. Chosli war zu Recht ihr Spitzname.

„Wieso läuft bei dir immer diese Kiste?"

Lukas schaltete das Gerät aus. Grossmutter erwiderte nichts. So hätte er nie mit ihr geredet, nicht in diesem Ton, schoss es ihm durch den Kopf, auch wenn er sich oft über den Fernseher genervt hatte. Lukas hatte Mühe zu akzeptieren, dass Grossmutter am Abend alleine vor dem Gerät sass und wartete, bis es Zeit zum Schlafen war. Ob er ihren Puls fühlen sollte? Nein, sie war tot. Was sollte er bloss tun?

Der Blick aus dem Fenster half Lukas sich zu beruhigen. Von hier oben, vom 8. Stock des rotorangenen Hochhauses aus, hatte Lukas eine grossartige Aussicht. Zu seinen Füssen lag die Reuss, die sich zwischen zwei Hügeln hindurchgefressen hatte und so ein Ausfallstor für den Stadtverkehr schuf. Jetzt zwängten sich neben dem Fluss Strasse und Eisenbahn durchs Nadelöhr Richtung Westen. Was dort unten an Boden übriggeblieben war, wurde zugebaut. Von oben mahnte ihn das Ganze an die Anlage einer Modelleisenbahn, die dauernd lief. Lukas hob seine Augen. Ein weiter, wolkenverhangener Himmel tauchte in seinem Blickfeld auf. Grossmutter, das wusste er mit Bestimmtheit, glaubte nicht mehr an den lieben Gott. Sie hatte keine Veranlassung dazu.

Ich hätte die Gespräche aufzeichnen sollen, dachte er. Eigentlich wollten Grossmutter und Lukas heute wieder über früher reden. Im letzten Frühling während eines spontanen Besuchs hatte Grossmutter nach einem langen Zug an der Zigarette unvermittelt zu reden begonnen, als ob eine Stützmauer dem inneren Druck nicht mehr standgehalten hätte und eingebrochen wäre. Zuerst gab sie Anekdoten über Lukas' Vater zum Besten, kleine Heldengeschichten, die Lukas bereits gekannt hatte. Dann erzählte Grossmutter von einem ihrer Brüder, den sie sehr gemocht hatte, der jedoch früh das Elternhaus verlassen hatte. Sie erwähnte einen anderen Bruder, der als kleines Kind gestorben war, damals als Grossmutter selbst noch ein Mädchen gewesen war. Grossmutter weinte. Aus lauter Hilflosigkeit hatte Lukas in die Stille hinein eine Frage gestellt, worauf sie mit ihrer Schilderung weiterfuhr, ohne Lukas zu antworten. Sie berichtete von ihrem Vater, der sein ganzes Leben in der Fabrik verbracht hatte, der erst mit sechsundsiebzig Jahren zu arbeiten aufhörte. Von ihrer Mutter, die viel zu früh gestorben sei, wechselte wieder zum Bruder, beschrieb, wie dieser heimlich, ohne die Eltern zu verabschieden, abgehauen sei, wie er sie fest an sich gedrückt habe, erinnerte sich wieder an den Sarg, der so klein gewesen sei. Grossmutter weinte von Neuem, aber diesmal schwieg Lukas. Doch sie nahm den Faden von alleine wieder auf, schilderte Begebenheiten, von denen Lukas noch nie etwas gehört hatte, die er nicht einordnen konnte. Sie deutete Geschehnisse an, die Lukas nicht durchschaute. Alles sprudelte durcheinander aus ihr heraus, in immer schnelleren Kreisbewegungen kamen Erinnerungen hoch, bis sich Grossmutter eine neue Zigarette anzündete und schwieg.

Seit diesem Nachmittag hatten sie knapp ein Dutzend Gespräche geführt. Die Begegnungen verliefen nach einem festen Ritual. Nach der Begrüssung ging Grossmutter in den dunklen Abstellraum, klaubte eine Schachtel aus einem oberen Regal und kam mit ihr in die Küche zurück. Am Küchentisch zündete sie eine Zigarette an. Den Rauch tief in ihre verrussten Bronchien hinabziehend, griff sie in die Schachtel. Wahllos zog sie eine Fotografie heraus und betrachtete sie. Erst jetzt entliess sie den Rauch aus ihrer Lunge und begann zu erzählen. Lukas hörte ihr zu, sprach selten ein Wort. Nach jedem Treffen dachte er, er sollte das Gesagte festhalten.

Gedankenverloren stand Lukas am Fenster und betrachtete den Himmel, bis er einen Entschluss fasste und sich einen Ruck gab. Um ja nicht den Ledersessel zu berühren, machte er einen Bogen um Grossmutter herum, bis er genau vor ihr stand. Er wollte sie ein letztes Mal in Ruhe betrachten. Mit aufgerissenen Augen, die leer auf den Bildschirm starrten, lag sie noch immer im Sessel. Sie musste gekämpft haben. Es lag kein Frieden in diesen starren, fast schwarzen Augen. Lukas war unwohl. Als er eine Laufmasche im Strumpf entdeckte, und zwar am rechten Oberschenkel, würgte es in seinem Hals. Der kalte Rauch, die Erinnerungen an die Gespräche, die schäbige Leiche. Von neuem erfasste ihn Panik. Rasch schritt Lukas zum Telefon. Er rief seinen Vater an.

1. Zigarette

Wieso ist dieser Kaffee heute so heiss? Zu heissen Kaffee mag ich nicht. Ich verbrenne mich, wenn ich das Brot im Kaffee tunke und in den Mund schiebe. Warten, bis der Kaffee abgekühlt ist, mag ich auch nicht. Und auf ein nächstes Kreuzworträtsel habe ich ebenso wenig Lust. Ich habe schon so viele ausgefüllt. Waagrecht, fünf Buchstaben, am Schluss ein N. Warum kommt niemand zu Besuch? Glauben die, es sei lustig, allein in der Küche zu sitzen und Bastei-Romane zu lesen? „Gefangene der Sehnsucht", „Das Mädchen aus dem Fährhaus", „Das Ende einer Liebe" und wie sie alle heissen. Gestern habe ich mit mir Eile mit Weile gespielt. Rot und blau waren meine Farben, grün und gelb gehörten der Gegenpartei. Zweimal nacheinander habe ich verloren. Pech im Spiel, Glück in der Liebe. So ist das im Leben.

Der Kaffee ist immer noch heiss. Mir ist der Appetit vergangen. Brot, Butter, Erdbeerkonfitüre. Tag für Tag, Woche für Woche, denn ich mag für mich selbst nicht mehr kochen. Zuviel Aufwand für eine Person. Ohne meine Zigaretten würde ich es nicht mehr aushalten.

2. Zigarette

Früher war ich anders. Nur weil ich alleine in einer Küche sitze, heisst das nicht, dass ich nicht unternehmungslustig gewesen wäre. Unterschätzt nicht die alte

Frau am Küchentisch. Ich hatte meinen Kopf. Es ging nach meinen Vorstellungen, wie an Weihnachten.

An einem Heiligabend staunten die Männer am Stammtisch des „Quellengrund" nicht schlecht, als ich mich mit meinen Enkeln in der Beiz aufwärmte und einen Jass klopfte. Einen Bieter haben wir gespielt. Aufgestanden sind die Männer von ihrem Kafi Schnaps und mit dem Stumpen in der Hand an unseren Tisch getreten, um sich zu vergewissern, ob alles mit rechten Dingen zuging. Jawohl meine Herren, wir spielten korrekt! Schliesslich hatte ich den Kleinen das Jassen beigebracht. Ich ganz allein! So etwas hatten sie in ihrer Beiz noch nie gesehen. Urs und Lukas hatten Mühe, die Karten in ihren Händchen zu halten. Der ältere der beiden besuchte noch nicht einmal die Schule. Mein erstes Angebot konterten die Buben. Ich erhöhte. Urs, der kleine Stümper, überbot mich von Neuem. Er hatte gute Karten in der Hand, das verriet mir sein Strahlen im Gesicht. Bei 1800 Punkten stieg ich aus. Triumphierend nahm Urs die Tischkarten zu sich, legte in Windeseile seine sechs Fehlkarten weg und machte seine zehn Stiche. Einen dreifachen Matsch mit Wiis. Die Männer klopften Sprüche, für die Grossmutter gebe es heute keine Bescherung, die werde ausgenommen wie eine Weihnachtsgans. Nach einem frechen Unterzug von Urs spendierten die Männer Coca-Cola, für Bier sei er ja zu klein. Als wir die Beiz verliessen, nickten mir die Männer anerkennend zu und wünschten uns frohe Weihnachten.

So ging das früher zu und her.

Weihnachten verbrachte ich bei meinem Sohn und seiner Familie, weil ich das so wollte. Ich habe schöne Erinnerungen daran. Am Vortag holte mich Hugo in Luzern ab. Aufgeregt schleppten Lukas und Urs meine Koffer und Taschen mit den Geschenken darin zum Wagen. Heimlich schielten sie auf die Etiketten, suchten nach ihren Namen, überprüften, für wen die grossen Pakete angeschrieben waren. An Heiligabend war ich für die zwei Buben zuständig, damit die Eltern in Ruhe den Baum schmücken und das Essen vorbereiten konnten. Sobald die Kleinen zappelig wurden, gingen wir in den Wald, suchten das Haus des Weihnachtsmanns und fanden immer verdächtige Spuren. War das nicht sein Fussabdruck? Bewegte sich da nicht gerade etwas im dichten Tannenwald? Hört ihr auch das merkwürdige Geräusch? Es fällt mir leicht, Geschichten zu erzählen. Hatten Urs und Lukas kalt, kehrten wir in einer Beiz ein, bis es draussen dunkel wurde. Meistens suchten wir den „Quellengrund" auf. Nach einem warmen Getränk rannten die Buben dann mit mir nach Hause. Da hab ich das Rauchen schon gespürt. Die Aufregung der Kinder, wenn das Glöckchen läutete, werde ich nie vergessen, auch nicht ihre

leuchtenden Augen beim Anblick des Weihnachts-
baums mit den brennenden Kerzen. Andächtig hörten
sie meinen Gedichten zu. Knecht Ruprecht: „Von
drauss' vom Walde komm ich her. Ich muss euch sagen, es weihnachtet sehr!" Das kann ich noch heute
auswendig aufsagen, aber es hört mir keiner mehr zu.
Ja, Weihnachten war auch für mich der schönste Tag
im Jahr.

Als Lukas vor zwei Wochen hier war, habe ich ihn
gefragt, ob er sich an Heiligabend erinnere. Keine einzige Zeile eines meiner Gedichte fiel ihm ein. Die
Jasspartie hielt er gar für eine nachträgliche Verklä-
rung. Ich war enttäuscht. Lukas wollte lieber über die
Jahre im Krieg sprechen. Dazu hatte ich keine Lust
mehr.

Irgendeinmal war Schluss mit Weihnachten bei
meinen Enkeln. Seither verbringe ich Heiligabend alleine zu Hause. In der EPA kaufte ich mir ein glitzern-
des Plastikbäumchen mit Leuchtkette für zwanzig
Franken. Es lässt sich wie ein Regenschirm öffnen.
Praktisch und billig. In den ersten Jahren stellte ich
meine alte, handgemachte Krippe daneben, dann hörte
ich auf damit. Weihnachten ist nicht mehr das Fest,
das es einmal war.

*

Grossmutters Begräbnis warf keine hohen Wellen. In der Kirche Sankt Karli fand sich ein kleiner Kreis von Verwandten ein. Ein frischer Wind blies die letzten zu Boden gefallenen Blätter gegen die Mauer, welche die Kirche von der stark befahrenen Strasse abgrenzte. Es war kalt. Unter der Trauergemeinde hatte es nur ganz wenige fremde Gesichter. Es waren fast ausschliesslich alte, vornübergebeugte Frauen. Die letzten regelmässigen Kirchgängerinnen. Sie setzten sich in die hinteren Kirchenbänke, jede für sich allein, während die Trauergemeinde auf ein Zeichen des Priesters hin die vordersten zwei Reihen auffüllte. Dazwischen Leere.

Lukas kannte den Priester nicht, der eine belanglose Messe hielt. Für den kurzen Lebenslauf brauchte der Priester keine zwei Minuten. Der Lebenslauf folgte den amtlichen Angaben zur Geburt, zur Heirat, zu den Kindern und zum Tod. Grossmutters katholischer Lebenslauf hätte konventioneller nicht sein können. Glücklicherweise dauerte der Abschied vor dem Herrn nur eine gute halbe Stunde. Nach einem letzten Lied, der mehr einem Gemurmel glich und nur dank dem Orgelspiel zu einem gütlichen Ende kam, verliessen die Trauernden rasch den unterkühlten Raum. Lukas fröstelte. Die Trauerfeier hatte so gar nichts mit Grossmutter zu tun. Obwohl Nichtraucher, hätte er jetzt gerne eine Parisienne angezündet.

Draussen riss der bedeckte Himmel auf. Als die Angehörigen dem Sarg folgend zum ausgehobenen Grab schritten, drangen die ersten Sonnenstrahlen durch. Die Feuchtigkeit wich langsam einer wohltuenden Wärme, die von Natur und Mensch dankbar aufgenommen wurde. Mit schnellen Handgriffen liessen die beiden Totengräber in ihren schlecht sitzenden, schwarzen Anzügen den Sarg im Grab verschwinden. Der Priester sprach ein letztes Wort. Wie alle anderen warf Lukas mit Hilfe einer kleinen Schaufel Erde ins Loch, die auf das Holz niederprasselte. Jemand legte einen Blumenstrauss neben das Grab. Eine Cousine von Lukas zog eine Jasskarte aus der Manteltasche, einen Herzbuben, und warf sie zu Grossmutter hinunter. Diese Handlung sorgte für eine kurze Irritation, da und dort für ein Schmunzeln. Er hätte ihr auch etwas mitgeben sollen, schoss es Lukas durch den Kopf. Dann war die Zeremonie vorbei. Grossmutter begraben.

Beim anschliessenden Essen wurde viel geplaudert und je länger die Trauergemeinde an den langen Tischen sitzen blieb, desto gelöster wurde die Stimmung. In Erinnerung an Grossmutter wurde mit den Wein-, später mit den Schnapsgläsern auf Josefa angestossen. Manche wärmten alte Geschichten auf, andere drängten bald einmal zur Heimkehr. Lukas war froh, als die Familie endlich aufbrach und er mit Ricarda nach Bern heimkehren konnte.

Von Grossmutters Wohnungsauflösung bekam Lukas nichts mit. Wer wann die Zimmer räumte, wusste er nicht. Wahrscheinlich überliessen die Söhne nach einem letzten Gang durch die Wohnung den übriggebliebenen Hausrat zum Nulltarif einer Brockenstube, unter der Bedingung, dass diese alles wegräumen würde. Zu erben gab es nichts. Nur die Kommode, auf welcher der Fernseher stand, weckte Interesse, der Rest des Mobiliars war alt. Erspartes hatte Grossmutter sowieso keines. Von ihrer kleinen Rente konnte sie nicht leben. Ohne die finanzielle Unterstützung durch ihre Söhne hätte sie Sozialhilfe in Anspruch nehmen müssen. Das wenigstens war ihr erspart geblieben.

Nach Grossmutters Tod vergas Lukas allmählich die Gespräche am Küchentisch. Andere Themen und Projekte schoben Grossmutters Geschichten unmerklich, aber bestimmt auf die Seite. Die Promotionsarbeit absorbierte seine Gedanken, Ricardas Schwangerschaft seine Aufmerksamkeit, die Vaterschaft seine Gefühle. Für Grossmutter war kein Platz.

3. Zigarette

Heute fühle ich mich nicht gut. Es ist nicht die Langeweile, die mir zusetzt. Daran habe ich mich gewöhnt. Ich habe schwere Gedanken und bringe sie nicht aus dem Kopf. Sie plagen mich. Selbst das Rauchen will nicht helfen. Andauernd kommt mir Max in den Sinn.

Max. Wenn ich an meinen jüngsten Bruder denke, sehe ich den kleinen Sarg vor mir auf dem Küchentisch stehen. Aus hellem Holz. Nie zuvor habe ich einen so kleinen Sarg gesehen. Eine Holzkiste mit einem Deckel drauf. Nicht grösser als die Holzkiste, in der mein Vater seine Werkzeuge verstaut hat. Vielleicht schlanker als die verschmierte Kiste, aber nicht grösser. Darin verschwand Max. Für immer.

Mutter hatte ihm die Haare gewaschen und ihn frisch angezogen. Sie wollte, dass er anständig aussah. Ich fand, dass die hellblaue Farbe des Kleidchens seine Haut noch blasser aussehen liess. Max war immer bleich gewesen, selbst im Sommer. Er lag krank im Bettchen. Jetzt aber war seine Haut anders, nicht wie sonst, nicht weiss, anders. Sein Händchen hatte die Farbe eines Teigklumpens. Dieselbe grau-gelbliche Farbe hatte Mutters Teig, wenn sie manchmal für den Sonntag einen Zopf buk. Unter Max' teigiger Haut waren die Äderchen zu erkennen, obwohl kein Blut mehr floss. Ich hätte ihm den braunen Pullover angezogen, auch wenn der alt und löchrig war. Das hellblaue Kleidchen hatte Max nie getragen. Ich glaube, es war sein Taufkleid.

Als der Mann im schwarzen Anzug am Nachmittag die Treppe hochkam, trug er den kleinen Holzsarg unter seinem Arm. Kaum sah die Mutter das Kistchen, begann sie zu weinen. Pius klammerte sich an Mutters Schürze und weinte auch. Kandi, Maria, Laura und ich standen da, ohne ein Wort zu sagen. Wie der Vater. Der blieb stumm. Nickte nur mit dem Kopf und überliess alles andere meiner Mutter. Der Mann trat in die Wohnung, suchte die Küche und stellte den Sarg auf den Tisch. Danach forderte er die Mutter auf, den Leichnam zu holen.

Max wurde fast 14 Monate alt. Es fehlte nur noch ein einziger Tag. Wir zählten die Monate, weil wir wussten, dass Max nicht nur verkrüppelt, sondern auch krank war. Das mit den Tagen hatte mir mein älterer Bruder Kandi erklärt. Max würde nicht lange leben und deshalb sollten wir die Tage zählen. Das Wissen um den baldigen Tod hatte Kandi vom Arzt aufgeschnappt. Also zählten wir die Tage, später die Wochen, dann die Monate. Wir wussten immer, wie alt Max war. Nur Pius nicht. Aber der war erst vier Jahre alt, zu klein, um so etwas zu begreifen.

Maria, Laura und ich mussten Mutter bei der Pflege von Max helfen. Kandi hingegen interessierte sich nicht für sein Brüderchen. Wir trugen Max stundenlang herum, denn stehen oder sitzen konnte er nicht. Dafür war Max zu schwach. Am Freitagabend, wenn wir im Keller den Zuber mit heissem Wasser füllten, durften wir ihn baden. Das mochte Max. Er lachte und zappelte mit seinen dünnen Beinchen. Nur sein verkrüppelter Arm blieb reglos. Nach dem Baden schlief er meist vor dem Abendessen ein. Max schlief viel. Das halbe Leben habe der verschlafen, sagte Maria. Recht hatte sie.

Bevor Mutter Max in den Sarg legte, polsterte sie die Holzkiste mit einem farbigen Stoff aus. Als Kopfkissen bekam Max ein sauberes Taschentuch vom Vater. Dafür brauchte Mutter lange. Immer wieder faltete sie das Tuch und strich es glatt. Der Mann im schwarzen Anzug wurde ungeduldig, aber er sagte nichts. Endlich bettete sie Max in die Holzkiste. Selbst für diesen kleinen Sarg war Max zu klein. Laura wollte eine Glaskugel mitgeben, aber der Mann meinte, das gehe nicht. Auf Mutters Aufforderung hin verabschiedeten wir uns von Max. Der Reihe nach traten wir vor den Küchentisch und beugten uns über den Sarg. Ich wünschte ihm leise eine gute Reise. Kandi hatte feuchte Augen, auch wenn er das hinterher bestritt. Er weinte, Maria und Laura auch. Ich nicht.

Tags darauf sahen wir Max ein letztes Mal. Vor der Beerdigung wurden wir in ein Nebenzimmer der Kirche geführt. Wieder stand der kleine Sarg auf einem Tisch. Diesmal aus Stein, daneben ein Blumenkranz. Im Zimmer war es kalt. Wir froren. Pius wollte raus, da er sich fürchtete. Vater nahm ihn an der Hand und ging zusammen mit Kandi wieder raus. Ich blieb mit den Schwestern bei Mutter. Sie stand vor dem Sarg, strich mit der Hand über Max' Wange. Dann verliess sie das Zimmer mit raschen Schritten.

*

Ob er sich dafür interessiere, fragte der Vater, als Lukas wieder einmal seine Eltern im Aargau besuchte. Der Vater hielt ein ledernes Etui in der Hand. Da Lukas Historiker sei, erklärte der Vater, bedeute ihm der alte Gegenstand vielleicht etwas. Vaters Einschätzung traf ins Schwarze. Ein kurzer Blick genügte Lukas, um zu wissen, dass er das Etui haben wollte. Unbedingt. Wie oft hatte er als Kind Grossmutters Zigarettenetui in den Händen gehalten! Wenn die Zigaretten zur Neige gingen, durfte er die leere Schachtel aus dem Etui klauben und durch eine neue ersetzen. Ein Ehrenamt. Oft war er von Grossmutter geheissen worden, er möge ihr bitte das Etui holen. Später, als sie vergesslicher wurde, hiess sie ihn das Etui suchen. Fast immer lag es in der Küche, dort, wo sie ihre Zigaretten rauchte.

Nach Grossmutters Tod hatte der Vater das Zigarettenetui nicht weggeworfen, sondern es mit anderen Dingen in einer Schachtel verstaut. Jahrzehntelang lag diese Schachtel in einer Ecke seines Büros, versteckt hinter einem Vorhang. An einem Sonntagnachmittag, als der Vater einen uralten Vorsatz endlich einlöste und sein Arbeitszimmer aufräumte, stiess er auf die alten Sachen. Dass Lukas' Vater das Etui auf die Seite gelegt hatte, überraschte Lukas nicht. Sein Vater hatte definitiv einen Hang zum Messie. Von den Dingen konnte er sich nie trennen, egal, ob er sie brauchte oder nicht, egal, ob er sie mochte oder nicht. Er sammelte alles, was ihm in die Hände kam. Unter diesem Gesichtspunkt war es umso erstaunlicher, dass der Vater das Etui ohne besonderen Grund hergab.

Zu Hause platzierte Lukas das Erinnerungsstück auf seinen Schreibtisch neben die Bücher, mit denen er sich im Zuge seiner Promotionsarbeit beschäftigte. Er legte es zu den anderen Gegenständen, die er dort ohne Nutzen sammelte. Es waren Funde, die es per Zufall an seine Gestade geschwemmt hatte. Ablagerungen des Alltags wie ausländische Münzen, Büroklammern, eine längst ausgetrocknete Kastanie, ein Brieföffner, den er von seiner Cousine aus Bolivien erhalten hatte, eine Kunstkarte von Ricarda. Obwohl er den Kram täglich vor Augen hatte, nahm er ihn selten zur Kenntnis.

Es dauerte Wochen, bis Lukas Grossmutters Stück wieder bemerkte. Es war ein billiges Lederetui mit einer grossen Lasche. Auf der Vorderseite des Etuis war ein Lederband angenietet, so dass die Lasche zum Verschliessen zwischen Lederband und Etui gesteckt oder zum Öffnen herausgezogen wurde. An verschiedenen Stellen war das hellbraune Leder abgeschossen. Zu oft lag es ungeschützt in der Sonne, wenn Grossmutter nach einer Zigarette die Arbeit wieder aufnahm. Auf der Rückseite des Etuis prangte gar ein Fettflecken. Vielleicht hatte Grossmutter das Etui achtlos auf den schmutzigen Tisch gelegt oder die Butter war vom Brot gefallen und dummerweise auf dem Etui gelandet. Zigtausend Male hatte Grossmutter mit der linken Hand das Etui festgehalten, während sie mit der rechten eine Zigarette aus der Box herausgefischt hatte. Durch den Griff ihrer Linken hatte sich das Leder verformt. Noch jetzt passte das Etui perfekt in Lukas' Hand. Einem urgeschichtlichen Faustkeil gleich formte auch hier die menschliche Hand das Material und machte aus dem billigen Behälter einen wertvollen Gegenstand. Und wie der Steinzeitmensch ohne seinen Faustkeil die Höhle nie verlassen hätte, so ging auch Grossmutter nie ausser Haus ohne ihre Zigaretten.

Lukas schnüffelte am Leder und steckte seine Nase in die Box. Parisienne gelb ohne Filter, daran bestand kein Zweifel. Als er das Etui schüttelte, fiel feiner Tabakstaub auf die Tischplatte. Mit der Zunge befeuchtete Lukas seinen Zeigefinger und tippte auf einen grösseren Tabakkrümel. Sollte er die Fingerkuppe an der Zunge abstreifen, um zu schmecken? Die Gespräche in der schmalen Küche mit dem Oberfenster fielen ihm wieder ein. Sie waren sich am Tisch nicht gegenübergesessen, was naheliegend gewesen wäre. Lukas nahm jeweils an der Stirnseite am Fenster Platz, während Grossmutter an der Längsseite mit dem Rücken zum Herd hockte. Wollte Lukas auf die Toilette, musste er warten, bis Grossmutter den Weg freigab. Lukas wunderte sich jetzt, weshalb er sich an dieser sonderbaren Sitzordnung nie gestört hatte. Aber

Grossmutter sass immer mit dem Rücken zum Küchenherd. Es war ihr Ort, ob alleine, zu zweit oder zu dritt. Mehr Personen fanden in der Küche sowieso nicht Platz.

Von seinem Vater hatte Grossmutter wenig erzählt. In ihren Geschichten spielten ihre zwei Söhne bestenfalls eine Nebenrolle. Umso öfter sprach sie von ihren Geschwistern, von den Eltern, immer wieder auch von Barbara, die als Kleinkind mehr als ein Jahr bei Grossmutter gelebt hatte. Warum Barbara damals am Bahnhof Buchs nach dem Krieg an der Landesgrenze der Grossmutter übergeben worden war, wusste Lukas nicht. Warum Barbaras Eltern mit der Kleinen nicht von Salzburg in die Schweiz eingereist waren, hatte Lukas vergessen, oder Grossmutter hatte es ihm nicht gesagt. Tatsache war jedenfalls, dass Grossmutter ein ihr unbekanntes Kind von einer ihr unbekannten Frau, die jedoch die Braut ihres Bruders war, in Empfang genommen hatte. So ungefähr hatte Grossmutter berichtet. Er hätte die Gespräche aufzeichnen sollen. Dann fiel Lukas ein, dass sein Vater von Katrin, Barbaras Mutter, erzählt hatte, die eines Tages bei ihnen an der Türe gestanden habe. Eine fremde Frau, in der er eine Negerin gesehen habe, weil Katrin schwarze Haare, dunkle Haut und feste Lippen hatte.

Während Lukas' Hand mit dem Zigarettenetui spielte, erinnerte er sich daran, dass Pius in der Kiste gesessen hatte, wie Grossmutter den Gefängnisaufenthalt theatralisch umschrieb. Von Pius, ihrem jüngeren Bruder, sprach sie wenig, dennoch schien er ihr nahe gestanden zu haben. Warum war der eigentlich nach dem Krieg im Gefängnis, kaum war er wieder in der Schweiz? Lukas musste sich eingestehen, dass er zwar Hinweise der Grossmutter aus dem Gedächtnis rekonstruieren konnte, dass er aber keine Ahnung hatte, wie diese sich zueinander verhielten und wie sie zu deuten waren. Und war nicht einer der Brüder in der Fremdenlegion gewesen? Pius? Vage fiel Lukas eine Abschiedsszene ein, in der Grossmutter ihren Bruder, so fest sie konnte, an sich gedrückt hatte. War der Bruder vielleicht deswegen im Gefängnis gewesen, weil er in fremden Diensten gestanden hatte? Bei nächster Gelegenheit wollte er darüber mit seinem Vater sprechen.

Sorgfältig stellte Lukas das Etui zurück an seinen Platz zu den kleinen Dingen, die keinem Zweck mehr dienten. Doch sie waren mit der Patina der Vergänglichkeit überzogen, die zum Verweilen zwang, sobald man sich ihrer gewahr wurde.

4. Zigarette

Beim Rauchen kommen mir immer die besten Einfälle. Das Geld habe ich an einem sicheren Ort versteckt. 2 000 Franken in bar. Eine stolze Summe! Jeden einzelnen Franken habe ich mir vom Mund abgespart. Das Geld liegt unter dem Sitzpolster des Sessels neben dem Eingang zum Badezimmer im hinteren Gang. Nimmt man das Polster weg, sieht man nichts. Erst wenn man in den Spalt zwischen Lehne und Sitzboden greift, merkt man, wie tief der Spalt ist. Dort habe ich das Couvert mit dem Geld eingeklemmt. Ein raffiniertes Versteck. Ich bin vielleicht alt, aber nicht dumm.

Vom Versteck wissen nur meine Schwiegertochter und ich. Meinen Söhnen habe ich nichts gesagt, die würden nach meinem Tod das Geld nicht mehr finden, die hätten doch keine Ahnung mehr, wo ich es versteckt habe, sorglos wie die sind. Dabei sind 2 000 Franken nicht nichts. Deshalb wechsle ich immer mal wieder das Versteck. Ich will nicht, dass jemand das Geld findet und es an sich nimmt. Es wird so viel gestohlen heutzutage. Auch bei uns im Hochhaus.

Das Geld ist für mein Leichenmahl bestimmt. Am Trauergottesdienst liegt mir nichts. Soll der Pfarrer reden, was er will. Aber an meiner Beerdigung will ich den Gästen ein anständiges Essen offerieren. Ich habe das Menü aufgeschrieben. Der Zettel liegt beim Geld. Wir gehen zu Amreins in den Sternen. Dort isst man gut und bekommt fürs Geld rechte Portionen. Zudem liegt der Sternen nahe beim Friedhof, so dass alle zu Fuss ins Wirtshaus hinübergehen können. An meinem Leichenmahl wird Schweinsgeschnetzeltes an einer Rahmsauce mit Nudeln serviert, voraus ein grüner Salat. Dazu gibt es Roten. Nach dem Essen spendiere ich Kaffee, Schokoladenkuchen und Schnaps. Keiner soll Hunger und Durst haben. An meinem Leichenmahl wird richtig gegessen und getrunken. Ich will, dass sie im Sternen einen vollen Bauch haben, wenn sie auf mich anstossen: Auf Josefa! Auf Josy, uf e Chosli!

*

Im Spiegel sah der Blumenstrauss noch prachtvoller aus. Ein rotvioletter Ball aus Buschrosen, der wie aus einem Füllhorn aus einer hohen Glasvase herausquoll. Der Strauss verströmte ein süssliches Parfum, das Lukas gierig mit seinen Nasenflügeln auffing. Für ihn war der Strauss ein Lebenszeichen wider die traurigen Nachrichten des Tages. Ein Triumph der Fülle und der Schönheit über die Zumutungen des Lebens. Ja, Lukas war es gelungen, mit Hilfe der blühenden

Rosen im Hier und Jetzt die Angst vor der Zukunft zu vertreiben. Wenigstens für einen kurzen betörenden Augenblick.

Bevor sein Vater angerufen hatte, spulte Lukas das übliche Programm ab: Papier, Glas und Metall entsorgen, Lebensmittel einkaufen, Wohnung putzen, das Mittagessen vorbereiten. Sämtliche Haushaltsarbeiten einer Woche stopfte er in diese drei Stunden, um an den übrigen Tagen Zeit für die eigenen Projekte zu haben. Als das Telefon klingelte, war er gerade dabei, das letzte Zimmer vom Staub zu befreien. Wie immer, wenn der Vater am Telefon eine unangenehme Nachricht zu verkünden hatte, kam er gleich zur Sache.

„Zusammen mit deiner Mutter habe ich gestern die Ergebnisse der medizinischen Untersuchungen in der Memory-Klinik entgegengenommen. Es sieht nicht gut aus. Das Hirn ist geschrumpft."

An die genaue Diagnose konnte sich der Vater nicht mehr erinnern. Auf Lukas' Nachfragen, wie denn der Befund laute, er müsse doch wissen, woran er erkrankt sei, ging der Vater nicht ein:

„Ich möchte gerne eine Abschiedstour machen. Und dann tschüss." Schweigen.

Dass der Vater an Demenz erkrankt war, hatte die Familie schon lange vermutet. Und seit der Sprachverlust nicht mehr nur die Fremdsprachenkenntnisse beeinträchtigte, die der Vater komplett verloren hatte, sondern sich die Wörter auch in der Mundart zu verabschieden begannen, half das Wegschauen nicht mehr. Insofern bestätigten die Ergebnisse der Ärzte, was sich schon lange abgezeichnet hatte. Lukas' Vater war zu einer Reise aufgebrochen, die er nie hatte antreten wollen und deren Etappen sich nach einem klassischen Verlauf aneinanderreihten. Irgendeinmal würde die Orientierung in Raum und Zeit für den Vater zum Problem werden, zuerst sporadisch, dann dauerhaft. Irgendwann würde er in ein Heim für Demente übersiedeln. Irgendeinmal würde er Lukas fragen, wer er sei. Irgendeinmal wäre Schluss, oder wie es der Vater formulierte, irgendeinmal hiesse es „tschüss".

„Wenn du mit Exit aus dem Leben scheiden möchtest, musst du das an die Hand nehmen, solange du noch entscheidungsfähig bist." Lukas hörte sich vernünftige Worte sagen.

„Aber ich werde dir nicht am Tag X mitteilen, du Vater, du bist jetzt hochdement, höchste Zeit, dich umzubringen. Erstens gibt es diesen Tag nicht, zweitens bleibst du auch als hochdementer Vater mein Vater."

Dass Lukas nicht wollte, dass sich der Vater vergiften würde, kam ihm nicht über die Lippen. Am Telefon liess sich nicht erklären, dass dement nicht gleichbedeutend war mit unwert, und dass Vaters Worte ihn verletzten. Eigentlich hätte Lukas nur zu sagen brauchen, was er empfand. Dass er seinen Vater mochte, auch wenn er nicht immer leicht zu ertragen war. Doch diese Direktheit stellte sich am Telefon nicht ein. Lukas rang nach Sätzen, die Mitgefühl signalisierten.

Sobald den Vater von seinen Gefühlen übermannt wurde, verschlimmerte sich sein Sprachverlust. Stotternd dankte er für Lukas' Verständnis.

„Ich werde mir Gedanken machen. Mich deprimiert einfach, dass mein Drucker nicht mehr funktioniert, obwohl er doch erst vier Jahre alt ist. Kannst du das nachvollziehen Lukas?" Im Nachhinein musste Lukas über den abrupten Themenwechsel seines Vaters laut lachen. Erst viel später begriff er, dass der Vater wirklich meinte, was er sagte. Natürlich neigten an Demenz erkrankte Menschen dazu, fliessend von einem Zusammenhang zum nächsten zu gleiten. Das hatte Lukas in einem entsprechenden Sachbuch gelesen. Doch so weit war sein Vater noch nicht, auch wenn Lukas dies anfänglich geglaubt hatte. Der Themenwechsel hatte ihm einen gehörigen Schrecken eingejagt, wie wenn die Krankheit ihre hässliche Seite hätte aufblitzen lassen. Es verging nach dem Anruf eine Woche, bis Lukas realisierte, was der Vater ihm in abgehackten Worten zu verstehen geben wollte: Er konnte den Computer nicht mehr bedienen. Auf seiner Reise hatte der Vater eine Zwischenstation erreicht, obwohl er dort nie hatte ankommen wollen. Sein Hirn war mit der modernen Technik überfordert. Es ging nicht mehr, was ihn zu Recht deprimierte. Deshalb sprach er am Telefon hartnäckig vom Drucker.

Auf Wunsch des Vaters beendeten sie den Anruf, indem sie sich über die laufende Fussballeuropameisterschaft austauschten. Er wolle, so der Vater, mit etwas Positivem aufhören und nicht mit etwas Schwerem. Sie waren sich einig, dass das Turnier bis anhin ausgeglichene, aber wenig spektakuläre Spiele offerierte. Von den Schweizern war wohl wenig zu erwarten. „Weisst du, die Gespräche mit dir tun mir gut, es geht mir danach immer besser."

Ohne eine Antwort von Lukas abzuwarten, schaltete der Vater nach zwei, drei rasch angefügten Grüssen das Telefon aus.

Als Lukas später auf die Gasse trat, hatte es aufgehört zu regnen. Tagelang hatte es in Strömen gegossen. Da gleichzeitig die Temperaturen hoch blieben, herrschten geradezu tropische Verhältnisse. Kleinste

Handreichungen genügten, und der Schweiss drang aus allen Poren. Lukas fragte sich, ob es der asiatischen Touristenschar ähnlich erging wie ihm. Fotos schiessend trippelten die Fremden durch die Altstadt hinunter in Richtung Bärengraben. Bei jedem Brunnen posierten sie in Grüppchen. Vor dem Haus, in dem Einstein eine Zeitlang gelebt hatte, staunten sie die Fassade an. Bald würden sie ihr Ziel erreichen. Am Bärengraben warteten nicht nur die Pelztiere, sondern auch der Reisebus, der sie zum nächsten Highlight brachte. Den Asiaten schien die Feuchtigkeit nichts anzuhaben, woraus Lukas schloss, dass sie aus einer Gegend stammten, in der Regenfälle und Sonnenschein üblich waren. Doch was kümmerten Lukas eigentlich die Touristen? Wieso nahm er sie überhaupt wahr? Er blieb stehen und starrte an die gegenüberliegende Häuserzeile. Nach Vaters Telefonanruf kam ihm alles seltsam fremd vor. Bemerkte er die Touristen, weil sie mit ihm diese Erfahrung teilten?

Im Blumenladen hatte Lukas endgültig das Gefühl, in den Tropen zu leben. Auf schweren Holzbalken standen ein gutes Dutzend Blechkübel, die gelb blühenden Orchideen als Topf dienten. Von der Decke hingen Äste herunter, an denen exotische Pflanzen mit langen schmalen Blättern klebten. Sie waren tatsächlich mit einer Art Leim befestigt worden und bezogen das notwendige Wasser aus der Luft. Wohl deshalb glich das kleine, enge Lokal einem Treibhaus. Schnittblumen sah Lukas keine, doch der Besitzer des Blumenladens zeigte auf einen rot-violetten Strauss aus Buschrosen, der hinter der Türe versteckt war. Er könne ihm aus den Rosen einen Strauss zusammenstellen. Lukas stimmte zu. Auf die Frage, wie viele Rosen er ihm geben solle, entschied sich Lukas für die Hälfte, denn vom Strauss ging selbst im feuchten Nebel ein unwiderstehlicher Zauber aus.

„Wissen Sie was, für 40 Franken gebe ich Ihnen den ganzen Strauss."

Zwei Wochen später erhielt Lukas Post von seiner Mutter. Vaters Erkrankung war nun aktenkundig. Der ärztliche Bericht bescheinigte ihm eine leichte Demenz, am ehesten vaskulär bedingt, sowie eine möglicherweise beginnende atypische Alzheimerkrankheit. Auf die Diagnose folgten mehrere Seiten mit Ergebnissen und Einsichten zu den Untersuchungen, die der Vater über sich hatte ergehen lassen. Bis er laut Bericht die Nase voll gehabt und die FDG-PET-Untersuchung zwecks Abklärung der vermuteten neurodegenerativen Ätiologie verweigert hatte. Oder, wie es im Bericht formuliert war: nicht gewünscht hatte. Chinesisch sei leichter zu verstehen, meinte Lukas' Mutter auf der Rückseite einer Postkarte, die sie dem Schlussbericht angeheftet hatte. Auf der Vorderseite der Karte waren farbige Sommervögel zu sehen, die über ein ebenso farbiges Blumenfeld flogen. Standen die fragilen Tiere für Vaters geistige Fähigkeiten? Noch tummelten sie sich auf einer blühenden Wiese, aber was, wenn der Herbst kam und die Blumen verblüht waren? Oder zeugte die Wahl einer naiv-kindlichen Zeichnung von der Hoffnung, der einst hochdemente Mann würde wieder zum Kind? Wahrscheinlich hatte die Mutter die Karte per Zufall zur Hand gehabt. Sicher handelte es sich um ein Werbegeschenk, das gemeinnützige Organisationen gerne ihren Spendenaufrufen beilegten. Da Postkarten immer benötigt wurden, hob die Mutter sie auf, während die Einzahlungsscheine im Altpapier landeten. Folglich hatte die Karte keine Bedeutung, auch wenn es Lukas nach der Lektüre des Berichts schien, als ob alles bedeutsam wäre.

Lukas stellte sich seine Eltern vor, wie sie an der Befundbesprechung, so nannte der Bericht das Überbringen der schlechten Nachricht, vor der Ärztin und der Psychologin unwohl auf ihren Stühlen sassen. Vielleicht schielte die Mutter heimlich auf ihre Armbanduhr, in der Hoffnung, die Sitzung würde bald vorüber sein, während der Vater immer ungeduldiger wurde. Die Szene mahnte Lukas an eine Gerichtssitzung. Die Richterinnen verkündeten keinen Schuldspruch, doch ihre Erläuterungen kamen einem Urteil gleich. Die Mutter hatte Lukas erzählt, sie habe Mühe gehabt, die Ärztin zu verstehen, eine Deutsche, die in einem schwer verständlichen Dialekt viel zu schnell geredet habe. Sie habe nur noch den Wunsch verspürt, das Besprechungszimmer möglichst bald zu verlassen. Der Vater hatte den Bericht kommentarlos zur Kenntnis genommen, das wusste Lukas vom letzten Telefongespräch. In einem ersten Moment hatte er sich über die Nachrichten gar gefreut. Er war erleichtert, dass die leidige Angelegenheit abgeschlossen war. Keine Tests mehr in der Spinnwinde empfand er als Erleichterung. Zudem hielt er sich an der Einschätzung der Expertinnen fest, es handle sich um eine leichte Form der Demenz. Was ging wohl den beiden Spezialistinnen durch den Kopf, als sie das ältere Ehepaar verabschiedeten? Ahnten sie nicht, dass sie nichts begriffen hatten? Wollten sie nicht erkennen, dass der Patient und seine Frau regelrecht die Flucht ergriffen? Handelten sie nicht, weil die ärztliche Routine sie abgestumpft hatte? Fühlten sie sich nicht zuständig? Schützten sie sich mit der Routine vor der undankbaren Aufgabe, Überbringerinnen einer schlechten Nachricht zu sein? Hielten sie sich deshalb eisern ans Protokoll? Aufgrund ihrer Erfahrungen wussten sie haargenau, was da über die beiden verängstigten Menschen hereinbrach. Aber darüber zu reden, war nicht ihr Job.

Dass die Mutter ihren beiden Söhnen den Schlussbericht zusandte, bedeutete nichts anderes, als dass sie Hilfe benötigte und nach Unterstützung suchte. Sie wollte nicht wissen, was im Bericht stand und was der ärztliche Befund für Konsequenzen hatte. Hinter der Ironie ihres Postkartentextes öffneten sich andere Abgründe und zwischen den Zeilen meldete sie scheu ihre Bedürfnisse an. Mutters Art, Gefühle versteckt mitzuteilen, war Lukas vertraut. Meistens beliess er es bei der oberflächlichen Lesart, denn vor Mutters Bedürfnissen fürchtete er sich. Einerseits fühlte er sich nie dafür zuständig und weigerte sich, als Sohn in die Rolle des Vaters gedrängt zu werden. Andererseits hatte er Angst davor, die Einblicke in Mutters Seelenleben würden ihn an einen ausgetrockneten See führen. Hilflos stände er in der kargen Weite, traurig und verloren. Hatte sie ihn nicht mit ihrem Seelenwasser getränkt? Doch diesen Hilferuf konnte Lukas nicht ignorieren. Er wusste, dass der Vater den Schlussbericht in einen Ordner ablegen und zur Tagesordnung übergehen würde. Die Mutter aber schloss vor der Wirklichkeit nicht die Augen, sicher nicht in jenem Augenblick, als sie zu Hause den Schlussbericht in das Couvert steckte.

Also setzte sich Lukas an einem der nächsten Tage vor seinen Laptop. Dank der Hinweise seiner Frau waren Broschüren und Adressen der wichtigsten An-laufstellen rasch gefunden. Ricarda hatte Recht: Auf dem Netz war Demenz ein professionell erschlossenes Themenfeld. Wer suchte, stiess zielgenau auf die Websites von Organisationen wie der Pro Senectute oder der Schweizerischen Alzheimervereinigung. Die wiederum informierten in verständnisvollem Ton und erteilten kluge Ratschläge. Jeder bekam, was er benö-tigte. Lukas lud die zwei empfohlenen Broschüren „Nach der Demenz-Diagnose" und „Leben mit De-menz. Tipps für Angehörige und Betreuende" herun-ter. Zweimal. Einmal für die Eltern, einmal für sich selbst.

Die Lektüre deprimierte Lukas. Obwohl die Bro-schüren didaktisch aufbereitet waren, behielt er nichts im Kopf. Ausser einem Hinweis, dass ein Patient nach der Demenz-Diagnose im Durchschnitt noch acht bis neun Jahre Lebenszeit vor sich hatte. Die Krankheit gewährte also ein Zeitfenster. Lukas rechnete aus, dass sein 76-jähriger Vater mit einer Lebenserwartung von 85 Jahren rechnen durfte. Als gesunder Mann würden ihm gemäss den Tabellen des Bundesamts für Statistik etwas mehr als elf Jahre zustehen. Ob man nun mit 85 Jahren oder mit 87 Jahren und ein paar Monaten starb, die Differenz schien Lukas mit Blick auf die Dauer eines ganzen Lebens verkraftbar zu sein. Rein statistisch ergab der Vergleich kein dramatisches Ungleichgewicht.

Diese Rechnung verschwieg er seinen Eltern ebenso wie seine Niedergeschlagenheit. Auf der Karte ermunterte er die beiden, die Broschüren zu lesen und die Ratschläge zu befolgen, auch wenn die Lektüre alles andere als lustig sei. Seine fürsorglichen und gut gemeinten Worte erinnerten ihn an Mutters Postkarte. Was er da schrieb, war schlicht Blödsinn.

*

Es war der Vater, der Lukas daran erinnerte, dass er Grossmutters Geschichten nicht vergessen sollte. Seit der Diagnose führten sie immer am Mittwochmorgen ihr wöchentliches Gespräch. Der Vater meldete sich am Telefon und kam gleich zur Sache:

„Ich habe Dokumente gefunden, die dich interessieren müssen. Wann kommst du vorbei?"

In letzter Zeit wühlte der Vater in seinen Ordnern und Schachteln, dass wusste Lukas von seiner Mutter. Leider werfe er die Dinge nicht weg, sondern trage sie nur von einem Ort zum anderen, klagte sie. Vaters

Wühldrang war vielleicht eine Folge seiner Krankheit, vielleicht äusserte sich darin auch sein Bedürfnis, aufzuräumen, Ordnung in die alten Sachen zu bringen, bevor er sich verabschiedete. Auf Lukas' Frage, was er denn gefunden habe, ging der Vater nicht ein.

„Ich lege die Dokumente gleich auf die Seite, bevor ich es vergesse. Ich deponiere sie auf meinem Schreibtisch, bis du kommst."

Also versprach Lukas, am Wochenende vorbeizuschauen.

Als Lukas das abgegriffene Familienbüchlein aufschlug, schüttelte er den Kopf. Nicht irgendeinen Brief oder eine alte Fotografie hatte ihm der Vater auf die Seite gelegt, nein, es war das Familienbüchlein von Grossmutters Vater. Was Lukas in den Händen hielt, war ein Schlüsseldokument für die Rekonstruktion von Grossmutters Familiengeschichte. Es lieferte die amtlich beglaubigten Daten sämtlicher Familienmitglieder: Name, Geburt, Trauung, Tod, alles fein säuberlich festgehalten. Zweimal hatte Grossmutters Vater geheiratet, dreizehn Kinder gezeugt, von denen sechs entweder tot geboren wurden oder in den ersten Tagen verstarben. Grossmutter war das elfte Kind gewesen, das dritte Kind der zweiten Frau. Auf Seite neun las Lukas von Martin, der 1931 als Dreissigjähriger in Tonkin, Indochina, ums Leben gekommen war. Lukas konnte es nicht fassen. Eines Tages überreichte ihm der Vater, stolz und erwartungsfroh, ein speckiges Büchlein, aus dem hervorging, dass Martin fernab der Heimat in einer französischen Kolonie gestorben war. Wieso um aller Welt hatte er ihm das nicht früher gegeben? Lukas erinnerte sich an die Gespräche mit Grossmutter. Martin war der grosse Bruder, der abgehauen war. Und Max, das dreizehnte Kind, der etwas über ein Jahr alt wurde, musste der Bruder im kleinen Sarg gewesen sein. Ein Blick ins Familienbüchlein genügte.

Der Vater strahlte, als er sah, dass Lukas angebissen hatte.

„Ich habe übrigens noch drei Fotografien gefunden, irgendein Begräbnis ist darauf zu sehen, von einem Martin, den ich nicht kenne."

Offensichtlich hatte der Vater die Dokumente nicht gelesen oder alles gleich wieder vergessen. Im Familienbüchlein stand ja, wer Martin war. Woher er denn all dies habe, wollte Lukas wissen. Langsam wurde er ungeduldig. Der Vater zuckte mit den Schultern:

„Die habe ich in meinem Büro gefunden. Aber das habe ich dir doch schon gesagt."

„Nach dem Tod von Josy hat er ihre wenigen Dokumente mitgenommen", erklärte die Mutter. „Du kennst ja deinen Vater. Er wirft nichts weg."

Trotz der Stossrichtung ihrer Worte war Mutters Tonfall versöhnlich, denn auch sie hatte Lukas' Anspannung bemerkt. Ohne Vaters Sammelwut wären die Dokumente fortgeworfen worden, dessen war sich Lukas sicher.

Auf der Rückreise im Zug schaute er sich lange die drei Fotografien vom Begräbnis an. „Im Andenken an unseren Kameraden Martin, gestorben am 18.4.1931, begraben am 19.4.1931" stand auf der Rückseite sämtlicher Aufnahmen. Martin war in der Fremdenlegion gewesen. Daran gab es keinen Zweifel. Und er war dort ums Leben gekommen. Lukas sah Soldaten, die in weissen Uniformen und mit weissen Tropenhelmen in Zweierkolonne eine Strasse entlang marschierten. Einer trug vorab ein Kreuz, die Nachfolgenden mehrere Kränze. Ihnen folgte ein Kastenwagen, in dem der Sarg lag. Ein feierlicher Trauerzug zog durch einen fremden Ort. Musik war zu hören, denn eine der Fotografien zeigte eine Blaskappelle. Vielleicht hatten sie „Ich hat einen Kameraden, einen bessern find ich nicht" intoniert. Diese Zeile, der Titel eines Liedes oder Marsches, fand sich in sorgfältiger Handschrift notiert ebenfalls auf der Rückseite einer der Fotografien. Am Strassenrand standen Einheimische mit runden flachen Hüten, als ob sie geflochtene Strohräder auf dem Kopf balancieren würden. Sie hatten dunkle Haut und waren barfüssig. Sie schauten nicht auf die Strasse, sondern auf den Fotografen. Er weckte ihr Interesse mehr als der militärische Umzug. Es musste eine Zeremonie gewesen sein, welche die Menschen ohne Anteilnahme über sich ergehen liessen. Immerhin erhielt Martin ein letztes Ehrengeleit, bevor er auf dem Friedhof beigesetzt wurde. Lukas zählte die Soldaten. Rund 50 Mann. Wahrscheinlich hatten die Soldaten, die je in einer Reihe links und rechts des Leichenwagens mit dem Gewehr im Anschlag strammstanden, in die Luft geschossen, bevor der Sarg im Grab verschwand.

Als zusätzlicher Hinweis wurde auf der Rückseite in derselben Handschrift festgehalten, was die Vorderseite zeigte: „Nach der heiligen Messe", „Sein letzter Gang", „Ich hat einen Kameraden, einen bessern find ich nicht". Lukas hätte gerne gewusst, wie der Fremdenlegionär geheissen hatte, der die Verwandten zu Hause informiert hatte. Aber die Unterschrift auf den als Postkarten angefertigten Bildern war nicht zu entziffern. Ausser einem Amtsstempel im Familienbüchlein mit dem Vermerk „Todesort: Tonkin, Indochina" sowie den drei Fotografien vom Begräbnis hatte Lukas keinerlei Hinweise zu Martins Leben. Doch das wenige war ein Anfang, eine verlässliche Spur.

Lukas sank ins Polster seines Abteils. Im Wagen war es angenehm kühl, trotzdem machte sich Müdigkeit in ihm breit. Er nahm einen Schluck Wasser aus der Evian-Flasche, die er am Bahnhof gekauft hatte. Seit der Krankheit hatte sich Lukas' Beziehung zu seinem Vater verändert. Er begegnete ihm geduldiger als früher. Lukas rieb sich nicht mehr an seinen Erwartungen, die der Vater bitter enttäuschte. Warum trank und ass sein Vater bei jeder Gelegenheit zu viel? Wie konnte er nur so barsch mit seiner Frau reden? Warum versteckte er sich hinter einer burschikosen, meist plumpen Fassade, anstatt über Ängste und Sehnsüchte zu reden? Es fiel Lukas auf, dass er neuerdings seinem Vater zuhörte, weil es ihn interessierte, was der alte Mann sagte. Früher hätte Lukas seinen Vater gerne etwas anders gehabt, heute fragte er sich, wer eigentlich der Mann war, der sich sein Vater nannte. Lukas' alte Wunschbilder des Vaters waren nicht völlig verschwunden, aber die Konturen der Projektionen verloren an Schärfe. Und der Vater reagierte auf die kleine Wahrnehmungsverschiebung. Auch er war Lukas gegenüber offener geworden. Hatte er vielleicht deshalb die alte Schachtel hervorgeholt? War es nicht immer wieder der Vater mit seinen zufälligen Funden gewesen, der Lukas' Vorhaben am Köcheln gehalten hatte?

Lukas nahm einen nächsten Schluck. Plötzlich lachte er laut auf. Als er den Vater gefragt hatte, ob er etwas über Josys Bruder in der Fremdenlegion wisse, meinte er, ja, Pius habe dort gedient. Der Vater brachte alles durcheinander. Da hatten sie gemeinsam das Familienbüchlein gelesen, festgestellt, dass Martin als Soldat in Indochina diente, und nur Minuten später erinnerte sich der Vater nicht mehr daran. Dafür hatte er ihm beim Abschied hoch und heilig versprochen, nachzusehen, ob er nicht weitere Dokumente besass. Wer wusste schon, zu welchen Funden die neue Gelassenheit in ihrer Beziehung den Vater ermutigen würde.

5. Zigarette

Wenn ich am Küchentisch sitze und rauche, habe ich Zeit zum Nachdenken. Ich bin keine Grüblerin. Das Leben habe ich stets genommen, wie es kam. Doch seit den Gesprächen mit Lukas steigen Erinnerungen in mir hoch. Dagegen kann ich nichts tun. Kaum trinke ich einen Kaffee, zünde mir eine Zigarette an, und schwupp, sind sie da. Ohne mich zu fragen, setzen sich Figuren aus der Vergangenheit auf den leeren Stuhl und schauen mich an. Sie fordern ihre Geschichten ein, wollen mit mir über vergangene Zeiten reden. Ihnen kann ich mich nicht entziehen, sie drängen sich auf. Heute ist Otto zu Besuch. Ich sehe ihn vor mir: ein hagerer, gross gewachsener Mann mit Händen wie Bratpfannen und dünnen Haaren. Gell, Otto, eine Schönheit warst du nie.

Nach dem Tod meines Mannes habe ich in der EPA gearbeitet. Im Warenhaus am Mühlenplatz. Dreizehn Jahre lang. Zuerst in der Kinderkleiderabteilung, später in der Betriebskantine. Dreizehn Jahre lang bin ich jeden Werktag um sechs Uhr aufgestanden. Bevor ich aus dem Haus ging, rauchte ich zwei Zigaretten und trank dazu einen Milchkaffee. Für den Fussmarsch zum Arbeitsplatz brauchte ich eine halbe Stunde. Die Sagenmattstrasse runter, die Reuss entlang, über die Spreuerbrücke. Die alte Holzbrücke mochte ich nie. Sie roch nach nassem Holz, auch im Sommer, ein Geruch, der mir den Magen kehrte. Aber was blieb mir anderes übrig, es war nun mal der kürzeste Weg in die Altstadt. Wer zu spät zur Arbeit erschien, kriegte sofort richtigen Ärger.

Wann genau ich zu dir, Otto, in die Kantinenküche der EPA gewechselt habe, weiss ich nicht mehr. Das

Herumstehen im Verkauf hatte mir zugesetzt. Die Beine schmerzten. Ich war keine schlechte Verkäuferin gewesen, doch die jungen Frauen liessen sich immer weniger helfen. Die wussten alles besser. Für die war ich eine alte Tante, die von den neuesten Modetrends nichts verstand. Wenn mir ein Kleidungsstück für meine Enkel gefiel, versteckte ich immer zwei Grössen davon am äussersten Ständer zur Herrenabteilung, dort, wo die Pyjamas für die Männer hingen. Keine der jungen Frauen verirrte sich dorthin. Hier waren die Kleider vor ihren gierigen Händen sicher. Sobald der Ausverkauf begann, holte ich sie hervor und kaufte sie zu einem guten Preis.

Gegen die Sechzig muss ich gegangen sein, als ich dich, Otto, fragte, ob du nicht eine Küchenhilfe brauchtest. Du warst in Ordnung. Ein verrückter Kerl. Du hast gesoffen, aber in deiner Küche hieltest du Ordnung. Mit dir konnte ich es gut, weil ich mich von deinen derben Sprüchen nicht beeindrucken liess. Anzüglichkeiten mochtest du, Otto, dabei hattest du schon lange keinen Sex mehr. Dir blieb ich nichts schuldig. Ich bin nicht aufs Maul gefallen. Das hat dir gefallen. Noch in derselben Woche stelltest du mich an. An einem Donnerstag. Daran erinnere ich mich gut. Denn zum Mittagessen gab es Spaghetti. Die kochte nicht Otto, sondern Enrico, der Hilfskoch. Enrico war ein stiller Italiener aus Bergamo. Otto nannte ihn nur Meiser Rico, du liessest ihn aber machen, weil Enrico für zwei arbeitete. Mindestens einmal die Woche, am Donnerstag, gab es bei uns Spaghetti. Die waren sehr beliebt. Wenn Otto seine Depressionen hatte, kochte Enrico Penne mit Fleischragout. Penne und Spaghetti hatten wir immer auf Lager. Tonnenweise. Nicht wahr, Otto?

Gegen vier Uhr abends tranken wir jeweils eine Flasche Weisswein. Ein tägliches Ritual. Du, Otto, hast den Feierabend eingeläutet, indem du mit einem Löffel auf die Flasche geschlagen hast. Über solche Kindereien konntest du dich diebisch freuen. Wir setzten uns an das Tischchen im Hinterzimmer. Hier sah uns niemand, und wenn jemand die Küche betrat, hatten wir genügend Zeit, die Flasche in den Kühlraum zu stellen.

Die Küchenarbeit war streng, vor allem über Mittag. Ich half bei der Essensausgabe. Fast eine Stunde lang schöpfte ich, danach folgte der Abwasch, bis meine Hände schrumpelig waren. Bevor ich nach Hause ging, packte ich Essensreste ein. Das übrig gelassene Fleisch gehörte Enrico, mir blieben die Teigwaren oder der Reis.

Kurz vor meiner Pensionierung ist Otto gestorben. Es hiess, seine Leber sei ausgestiegen. Andere munkelten, er habe sich das Leben genommen. Sich erschossen mit einer Pistole. Die letzten Monate in der Küche waren schrecklich. Enrico sprach noch weniger als gewöhnlich, und der neue Küchenchef, an dessen Namen ich mich beim besten Willen nicht mehr erinnere, war ein aufgeblasener Kerl. Feierabend einläuten war vorbei, Spaghetti kamen kaum mehr auf den Tisch. Zu meinem letzten Arbeitstag schenkte mir die Direktion einen Früchtekorb. Zigaretten wären mir lieber gewesen.

Ja, Otto, so ein Ende haben wir nicht verdient. Für die EPA haben wir geschuftet und am Ende standen wir mit leeren Händen da. Sag, hast du dich wirklich erschossen?

*

Der Kies auf dem Friedhofsweg knirscht unter meinen Füssen und kündet Grossmutter den sich nähernden Besucher an. Ihr Grab ist einfach zu finden. Ich gehe der Friedhofsmauer entlang, beim dritten Weg, der im rechten Winkel abgeht, biege ich ein. Nach zwei, drei Schritten stehe ich vor dem grün schimmernden Grabstein aus Granit. Grossmutter liegt eingebettet zwischen zwei Frauen. Die eine wurde 1910, die andere 1924 geboren, was die drei Frauen verbindet, ist das gemeinsame Todesjahr 1998. Neben den Lebensdaten steht auf dem Marmorstein Grossmutters Name: Josefa Sidler. Eigentlich sollte Josy eingraviert sein, denke ich, ihren Taufnamen hat nie jemand benutzt. Auch die anderen Steine geben nicht mehr preis als die Lebensdaten und den Namen. Kein weiterer Hinweis verrät, wer hier zur letzten Ruhe gebettet wurde. Mit meiner linken Hand streiche ich sanft über den kalten, glatten Stein. Verstohlen schaue ich um mich. In diesem Teil des Friedhofs ist kein Mensch zu sehen. Gut so.

„Grossmutter, ich habe dir eine Sonnenblume mitgebracht. Ich weiss, du magst Blumen nicht besonders, aber ich. Schau, hier ist auch eine Parisienne gelb ohne Filter. Ich leg dir beides aufs Grab."

*

Vaters Demenz bestärkte Lukas in seiner Absicht. Er wollte Grossmutters Geschichten festhalten. Ihm schwebte ein Tatsachenbericht vor, vielleicht in Form einer Reportage. Aus dem Gedächtnis wollte er Grossmutters Episoden wiedergeben, bevor auch er beginnen würde, sie zu vergessen. Hie und da brauchte es wohl historische Abklärungen, sicher. Das Familienbüchlein war eine wertvolle Hilfe. Vor allem aber musste sich Lukas beeilen. Zeit wurde kostbar, denn Vaters Krankheit gönnte ihm keine Verschnaufpause. Hirnzelle um Hirnzelle wurde zerstört. Bange fragte sich Lukas, wie lange der Vater noch begreifen würde, was er tat. Wäre er nach der Fertigstellung überhaupt noch imstande zu lesen, wenn Lukas ihm den Text eines Tages überreichen würde? Ein Buch in Händen halten, wenigsten das sollte ihm möglich sein. Vielleicht würde der Vater es aufschlagen, die Nase reinstecken und schnüffeln, wie er es immer getan hatte. Das Schnüffeln würde ihm sicher gefallen. Vaters Beziehung zu Büchern fand auf einer sinnlichen Ebene statt. Er las selten. Dennoch waren ihm Bücher wichtig. Er sammelte sie wie Jagdtrophäen. Sie gaben ihm, der als Kind keine Bücher besessen hatte, das Gefühl, dass er es geschafft hatte. Weg von der Strasse im Arbeiterquartier, hoch in die gehobene Wohnlage am Südhang des Juras. Vielleicht steckte er seine Nase in die Bücher, um sich den Duft seines sozialen Aufstiegs zu vergegenwärtigen. Mit sichtlichem Vergnügen sog er das verführerische Parfüm ein.

Gefühle, hatte Ricarda ihm erklärt, Gefühle blieben, sie seien von der Krankheit nicht betroffen. Selbst hochdement würde also das Schnüffeln im Vater das positive Gefühl auslösen, das er Büchern gegenüber empfand. Dieser Gedanke ermutigte Lukas. Denn in seiner Kindheit hatte der Vater unter den schwierigen Familienverhältnissen gelitten. Auch darüber würde die Familiengeschichte berichten. Das Schnüffeln wäre eine Geste der Versöhnung, von welcher der Vater allerdings nichts wissen würde.

Aus Grossmutters Erzählungen ging hervor, dass Vaters Kindheit belastend gewesen war. Zu jener Zeit herrschte Mangel. Bis weit in die Schulzeit hinein war der Vater ein Bettnässer. Die Orangenschalen, die er als Bub nach dem Krieg von den Strassen auflas und ass, stillten seinen Hunger kein bisschen. Der Vater stürzte sich darauf, weil sie für ein besseres, ein anderes Leben standen. Als Kind erschrak Lukas mehr als einmal über den scharfen Ton, mit dem sein Vater Grossmutter zurechtwies. In diesem Ton war ein Schmerz spürbar, der aufschrie und um sich schlug mit unausgesprochenen Vorwürfen, die wie Stacheln tief im Fleisch ihrer Beziehung steckten.

Doch es war nicht das Wissen um Vaters schwierige Kindheit, das Lukas zum Schreiben drängte. Es war der Zerfall von Vaters Hirns. Diesen Zerfall empfand Lukas als Bedrohung. Denn mit dem Abbau ging der Verlust von Vaters Erinnerungen einher. All die

Geschichten, mit denen Lukas' eigenes Leben verknüpft war, lösten sich in nichts auf. Das durfte nicht sein. Dagegen wehrte sich Lukas. Er wollte seinen Vater nicht ohne Geschichte hergeben. Sein Vater hatte nicht nichts zu erzählen, dasselbe galt für Grossmutter.

Mit grossem Elan stürzte sich Lukas in die Familiengeschichte. Stichwortartig notierte er sich Episoden, an die er sich erinnerte, und glich sie zwecks Datierung mit dem Familienbüchlein ab. Und siehe da: Je mehr er in seinem Gedächtnis wühlte, desto mehr Geschichten tauchten wieder auf. Manchmal schien es ihm, er würde Grossmutter hören und riechen, als ob sie ihm rauchend am Küchentisch von früher berichtete. Sie war eine fesselnde Erzählerin gewesen, weil sie ihre Geschichten gerne vortrug, sie richtiggehend inszenierte. Beiläufig nahm sie den Erzählfaden auf, erhob auf einmal von Satz zu Satz ihre Stimme, legte Kunstpausen ein, die sie meistens für einen Zug an der Zigarette nutzte, ehe sie immer schneller sprechend auf die Pointe zusteuerte. Vor melodramatischen Effekten scheute sie nicht zurück, auch wenn Lukas sie nie weinen sah. Tränen sah er nie in ihren Augen. Hingegen zögerte sie das Ausblasen des Rauches an bestimmten Stellen derart lange heraus, dass Lukas fürchtete, die Spannung entlade sich in einem schrecklichen Hustenanfall. Dann wieder redete sie ganz leise, gerne in traurigen Passagen. Ja, Grossmutter trug ihre Erinnerungen wie eine geübte Schauspielerin vor. Jahrzehnte später halfen ihre Inszenierungen Lukas, in die vergangenen Gespräche zurückzufinden.

Warum aber verliefen die ersten Schreibversuche derart mühselig, wenn Lukas doch wusste, was er niederschreiben wollte? Wieso erwies sich seine Sprache als derart sperrig, um nicht zu sagen unbeholfen? Die ersten Textproben erreichten bestenfalls das Niveau monotoner Tagebucheinträge. Ohne das Wissen um Vaters Demenz wäre Lukas in eine Schaffens- und Sinnkrise gerutscht. Er biss sich fest. Die Herausforderung, so dachte er, lag in der Gestaltung des Stoffes. Also probierte er Erzählpositionen aus. Die nächsten Texte waren nicht besser. Wieso liess sich die Form nicht finden?

„Vielleicht lässt du dich nicht auf deine Geschichte ein." Ricarda und Lukas räumten zusammen die Küche auf. Soeben hatte ihr Lukas seine Unzufriedenheit mit den eigenen Texten eingestanden.

„Also hör mal, ich trage die Geschichten seit Jahrzehnten mit mir herum. Was soll das?" Ricardas Bemerkung ärgerte Lukas. Er war schliesslich der Histo-

riker im Haus, er war der Experte für Geschichts-
schreibung. Seit Wochen beschäftigte er sich jede
freie Minute mit der Familiengeschichte.

„Mach, was du willst, aber hör mit dem Jammern
auf. Das geht mir auf die Nerven."

Um weiteren fruchtlosen Gesprächen aus dem
Weg zu gehen, verliess Ricarda nach ein paar schnellen Handgriffen die Küche. Maulend trocknete Lukas
die Pfannen ab und versorgte sie scheppernd im
Schrank. Blöderweise hatte Lukas tatsächlich die na-
ive Vorstellung gehabt, er setze sich an den Laptop
und fabuliere wild drauflos. Fand er die Form nicht,
weil er den Stoff gar nicht zur Verfügung hatte? Wenn
Lukas' Anspruch darin bestand, eine recherchierte
Geschichte wiederzugeben, wie er gerne dozierte,
dann brauchte es tatsächlich den Historiker. Reporta-
gen lebten vom Aufdecken, vom Nachhaken, sie bissen sich an den Ungereimtheiten fest, liessen nicht locker. Ohne Spurensuche, ohne den Dingen auf den
Grund zu gehen, ging es nicht. Ricarda hatte recht.
Sich auf die Geschichte einzulassen bedeutete, sich
nicht nur an Anekdoten festzuhalten, sondern auch die
Familie mit unangenehmen Fragen zu konfrontieren.
Weshalb hatte Pius im Gefängnis gesessen? Wieso
war Barbara nach dem Krieg über die Grenze gereicht
worden? Früher oder später musste er mit Barbara und

Katrin reden. Vielleicht fand er in der Literatur über die Fremdenlegion Hinweise, welche die Umstände von Martins Tod in Indochina erhellten. Und schliesslich würde ihn die Recherche ein zweites Mal an den Küchentisch im achten Stock des roten Hochhauses zurückführen. Dort rauchte Grossmutter und trank ihren Milchkaffee. Ihr hatte er lange zugehört. Jetzt musste er sich zu ihr setzen und ihr Fragen stellen. Er durfte sich nicht mehr mit dem Gehörten zufrieden geben.

6. Zigarette

Gestern beim Kreuzworträtseln habe ich die Augen geschlossen. Ich roch den Rauch der Zigarette und hörte von fern gedämpfte Stimmen. Manchmal übertönte ein lautes Lachen das Rauschen. Sogar das Kribbeln im Magen spürte ich und die Haare auf den Unterarmen stellten sich auf. Ich hielt die Anspannung kaum mehr aus. Am liebsten wäre ich vor lauter Bammel weggelaufen, und doch wartete ich sehnsüchtig auf das Startzeichen der Aufführung. Nur Beno fehlte beim Auftritt.

Kennengelernt habe ich meinen Mann beim Theaterspielen. In der Krone. Immer im Herbst vor dem

Wintereinbruch wurde dort an mehreren Abenden ein Schwank aufgeführt. Angerissen hatte das Spektakel der Kronenwirt, um nach den mageren Kriegsjahren den Konsum in seinem Lokal anzukurbeln. Baumann hatte er geheissen. Ein kleiner, dicker Mann mit einem Faible für melodramatische Stoffe und einem ausgeprägten Geschäftssinn. Es waren einfache Stücke, die wir spielten, aber den Leuten gefielen sie. Für sie war es eine Abwechslung zur Arbeit bei Schindler, Von Moos und zu den Schichten in der Viscosi. An den Aufführungen war der Saal bis auf den letzten Platz gefüllt. Sicher hundert Personen waren das jeweils, wenn nicht mehr. Männer, Frauen, Kinder, alle aus dem Neustadtquartier.

Beno war der Star unserer Truppe, erfahren und vielseitig. Seine Monologe rührten die Frauen zu Tränen. Selbst die Männer schwiegen und nippten umständlich an ihren Biergläsern, wenn Beno die Liebe beschwor oder als verlorener Sohn den Vater um Vergebung bat. Sprach Beno eine Frau im Publikum mit Namen an, richteten sich alle Blicke auf die Erschrockene. Geliebt wurde Beno für seine Couplets, wenn er während des Stücks improvisierte und Ereignisse aus dem Neustadtquartier auf der Bühne kommentierte. Nicht selten kam es vor, dass Männer aus dem Publikum Beno mitten im Stück Stichworte zuwarfen, damit dieser endlich mit seinen Nummern begann. Legendär war seine Parodie auf Wachtmeister Müller von der Stadtpolizei. Müller war ein sturer Bock aus St. Gallen, den es aus unerfindlichen Gründen nach Luzern in die Neustadt verschlagen hatte. Mit dem hatten im Quartier alle ihre Lämpen. Ein grimmiger Mann, der nicht mit sich diskutieren liess. Als Beno Müllers Ostschweizer Dialekt nachahmte und mit erhobenem Zeigefinger dem Publikum die Müllabfuhrbestimmungen in Erinnerung rief, tobte der Saal. Am Schluss des Stücks brüllten sie solange „Müller!, Müller!, Müller!", bis Beno ein weiteres Mal die Bühne betrat und den Anwesenden drohte, wenn sie nicht sofort Ruhe gäben, werde er, Wachtmeister Müller, schon für Ordnung zu sorgen wissen. Tosender Applaus im Saal.

An den Ablauf der Stücke hielt sich Beno nie. Immer hatte er einen Einfall, irgendwann im Stück setzte er zu seinen Sololäufen an. Deswegen fürchteten ihn die anderen Mitspieler. Mich haben seine Couplets nie gestört. Im Gegenteil. Seine Einfälle spornten mich an. Auf der Bühne forderten wir uns gegenseitig heraus. Dabei war ich in der Theatergruppe die Jüngste, etwas über 20 Jahre alt.

Hinter der Bühne befand sich eine Kammer, in der wir uns jeweils umzogen. Von der ersten Aufführung an bot mir Beno jeweils eine von seinen Zigaretten an, bevor der Vorhang aufging. Zehn Minuten vor Beginn zündete er die Parisienne an und reichte sie mir stumm weiter. Ich nahm einen Zug, er den nächsten, dann war wieder ich an der Reihe. Für diese Zigarette habe ich ihn geliebt. Von fern hörte ich die Zuschauer plaudern, im Magen kribbelte es. Langsam zog ich den Rauch tief in die Lungen. Mit der Anspannung stellten sich die Härchen auf den Unterarmen auf. Der letzte Zug gehörte Beno. Ein Nicken, und los ging's.

*

Als Erstes nahm Lukas mit Barbara Kontakt auf. Er schrieb ihr einen langen Brief, in dem er sein Anliegen umständlich erklärte. Er wolle ein Buch über Grossmutter schreiben, eine Familiengeschichte, aber eben aus der Optik von Josy. Dabei schwebe ihm keine historische Arbeit vor, auch wenn er mit Barbara gerne ein längeres Gespräch, eine Art Interview, führen möchte. Er sei nämlich sehr daran interessiert zu erfahren, wie sie, Barbara, Grossmutter erlebt habe. Länger und länger wurde der Brief, doch mit jeder weiteren Zeile wuchsen Lukas' Zweifel. Was mochte Barbara bloss denken, wenn sie das las? Um die Ernsthaftigkeit seines Unterfanges zu untermauern, legte er ihr aus lauter Verzweiflung eine Textprobe bei, von der er glaubte, sie sei die beste. Vielleicht half sie Barbara zu verstehen, worauf er hinauswollte. Als das pralle Briefcouvert in den Briefkasten plumpste, empfand Lukas das dumpfe Hallen als schlechtes Omen.

Zu seiner grossen Erleichterung meldete sich Barbara umgehend telefonisch. Sie wusste zwar nicht, war er genau von ihr wollte, freute sich aber auf seinen Besuch. Spontan lud sie Lukas zu sich nach Sempach auf den Campingplatz am See ein. Dort verbrachten sie und ihr Mann Ernst während der Sommermonate ihren Ruhestand.

„Vielleicht unser letzter Sommer. Das Aufstellen des Wohnwagens im Frühling und der Abbau im Herbst, das alles wird Ernst zu viel. Mit meinem Fuss kann ich ihm schon lange nicht mehr helfen." Gut gelaunt legten sie ein Datum fest.

Laut trommelten die Regentropfen auf das Vordach des Wohnwagens, unter dem Lukas mit Barbara und Ernst an einem schmalen Klapptisch sass. Seit den Morgenstunden regnete es in Strömen. Beim Festlegen des Termins hatte Barbara vorgeschlagen, Lukas solle das Schwimmzeug mitnehmen, eine Abkühlung im See tue ihm nach dem Gespräch sicher gut.

Ans Schwimmen war nicht zu denken. Zum Glück war Hochsommer, sonst hätten sie im Vorraum gefroren. Dank der transparenten Plastikwände und dem eingebauten Holzrost waren sie vor dem Wasser sicher.

Der Vorraum diente als Koch- und Esszimmer und war mit allem ausgerüstet, was es brauchte: Kochherd, Rüstablage, Kühlschrank, Abwaschnische, Kaffeemaschine. Einfach, aber funktional lebten Barbara und Ernst in ihrem Wohnwagen, der in der hintersten Reihe vor dem Bach stand. Zwischen dem Wohnwagen und dem kleinen Damm, der die Bewohner vor Hochwasser schützte, lag ein grüner Streifen. Die Rasenfläche diente als Durchgangsweg zum See und gleichzeitig als Parkplatz. Dort, wo keine Autos standen, war niemand zu Hause. In der hintersten Reihe war dies nur am obersten Standplatz der Fall. Trotz des schlechten Wetters herrschte auf dem Campingplatz Hochbetrieb.

Als sie sich begrüsst hatten, fiel Lukas sogleich Barbaras Schuh auf. Ein grosser, schwerer Schuh, in dem ihr kranker Fuss steckte. Auf die Diagnose Zucker folgte eine Teilamputation des Fusses. Seither verheilte die Wunde nie mehr richtig. Das lag schon Jahre zurück. Der schwere Schuh stützte sie, gab ihr

Halt, drückte jedoch, sobald die Wunde wieder aufbrach. Ohne diesen Schuh konnte Barbara nicht mehr
gehen. Lukas hörte sie nie darüber klagen. Momentan
gehe es recht gut, gab Barbara lachend zur Antwort,
als er sich nach ihrem Befinden befragte. Sie drückte
Lukas herzhaft an sich.

Barbara und Lukas sassen sich am schmalen Tischchen gegenüber. Sie tranken Kaffee, während Ernst
sich draussen unter einer Plane am Grill zu schaffen
machte. Nachdem Lukas von der Familie berichtet
und deren Grüsse überbracht hatte, näherte er sich be-
hutsam dem Zweck seines Besuches:

„Ja, Barbara, wie wollen wir unser Gespräch beginnen?"

„Ich schlage vor, ich erzähle dir, wie ich in die
Schweiz gekommen bin."

Rund eine Stunde lang berichtete Barbara aus ihrem Leben. Manchmal legte sie eine Pause ein, weil
sie sah, dass Lukas Notizen machte, manchmal wartete sie auf eine nächste Frage. Barbaras Erzählweise
erinnerte Lukas an ein römisches Mosaik. Erinnerung
um Erinnerung, Steinchen um Steinchen, legte sie auf
den Boden. Sie begann in der Mitte ihres Bildes. Denn
mit der Schilderung ihrer Reise in die Schweiz ent-
warf sie für sich und die Protagonisten ihrer Geschichten ein zentrales Motiv. Um diese Mitte gruppierte sie

ihre Figuren. In weiten Schlaufen kam Barbara immer wieder auf sie zu sprechen, sei es, weil ihr noch etwas einfiel, sei es, weil Lukas nachhakte. Bald fügten sich die Steinchen am Rand des Bildes zu Porträts. Einzelne Personen waren fein herausgearbeitet, andere nur bruchstückhaft wiedergegeben. Barbaras Erzähltechnik spiegelte sich in Lukas' Notizbuch. Anstelle eines Lauftextes, der den Ablauf und Inhalt des Gesprächs womöglich chronologisch wiedergegeben hätte, wählte Lukas Titel, meist Personennamen, und versammelte darunter alle zugehörigen Episoden und Hinweise, die er im Verlauf des Gesprächs zu hören bekam. Am Schluss fügten sich Barbaras Berichte aus ihrem Leben zu einem Figurenspiel zusammen, an dem der Zahn der Zeit genagt hatte. Das Mosaik war beschädigt, wies Lücken auf und schien nie auf seine Vollendung hin angelegt worden zu sein. Vieles war schemenhaft zu erkennen, aber schwer zu enträtseln.

Bei ihrer Ankunft in der Schweiz war Barbara vierzehn Monate alt gewesen. Folglich erzählte sie Lukas nicht über selbst Erinnertes. Die ersten Steinchen für ihr Mosaik entnahm sie einer Schale, die mit Begebenheiten gefüllt war, wie sie in der Familie kursierten. Katrin und Barbara reisten von Salzburg an. An der Grenze musste Katrin darum kämpfen, dass man sie mit ihrer Tochter auf die Schweizer Seite liess, denn sie besass keine Einreisebewilligung. Wäre es nach den behördlichen Vorschriften gegangen, hätte die Mutter ihr Kleinkind einer Rotkreuzschwester anvertrauen müssen. Die wäre mit Barbara nach Buchs weitergefahren, während Katrin die Rückreise hätte antreten müssen. Doch Katrin wollte ihr Kind nicht einer Rotkreuzschwester übergeben. Verzweifelt bat sie einen Grenzwächter, er möge sie durchlassen, sie werde gewiss zurückkehren. Sie schilderte ihm solange ihre Not, bis er sie absitzen hiess. Zusammen mit ihrer Tochter rollte sie die letzten Hundert Meter im Zug über die Grenze nach Buchs, Grenzbahnhof. Was dann geschah, packte Barbara lachend in zwei Anekdoten. Kaum in der Schweiz angelangt, habe sie vor lauter Schreck über ihren Lederkoffer gebrünzelt. Das hätten ihr alle immer wieder erzählt. Und Katrin, die sonst nie Alkohol trank, löschte ihren Durst ausgerechnet mit einem grossen Glas Bier, bevor sie wieder nach Salzburg aufbrach. Mutter und Tochter leisteten sich beide auf ihre Weise eine Schwäche. Barbaras Miniatur stellte die Trennung so dar, dass der Schmerz für beide beschreibbar und so erträglich blieb.

Über die Hintergründe der Übergabe wusste Barbara nichts Konkretes. Lukas fragte nach, worauf Barbara auf Katrin verwies. Ihre Mutter wisse Bescheid, während sie, Barbara, ja nur Gehörtes wiedergeben könne. Das leuchtete Lukas ein, dennoch liess er nicht locker, denn es musste für die dramatische Übergabe doch einen dringenden Grund gegeben haben. Grossmutter habe ihm erzählt, dass Pius nach dem Krieg im Gefängnis gewesen sei. Ob ihre Reise in die Schweiz damit etwas zu tun gehabt habe? Lukas' Hartnäckigkeit zahlte sich aus. Zögernd klaubte Barbara weitere Mosaiksteinchen aus der Erinnerungsschale der Familie. Abgesetzt von der Mitte des Bildes fügte sie die Steinchen zu einer Linie zusammen, die als feiner Strich wieder zur Mitte verlief.

Pius war verlobt gewesen, doch die Beziehung ging in die Brüche. Nach einer Schlägerei haute er mitten im Krieg zusammen mit einem Kollegen ab. Wie er nach Salzburg gelangte, wusste Barbara nicht, dort aber lernte er Katrin kennen. Fast ein Jahr lang hatte er sie jeden Abend nach Hause begleitet, ohne dass sie sich je einen Kuss gegeben hätten, wie Barbara schmunzelnd festhielt. Gegen Ende des Krieges versteckte Katrin Pius im Wald, bis die Amerikaner eintrafen. Pius arbeitete danach für die Amerikaner, weshalb Katrin und sie trotz der chaotischen Umstände genug zum Leben hatten. Nach seiner Rückkehr in die Schweiz musste Pius ins Gefängnis, weil er fahnenflüchtig gewesen war. Zu diesem Zeitpunkt wohnten Katrin und Barbara noch in Österreich. Später wurde Barbara in die Schweiz gebracht. Als Letzte kam Katrin. Entgegen ihrer brieflichen Ankündigung traf sie einen Tag später in Luzern ein, so dass niemand sie am Bahnhof in Empfang nahm. Ein Junge half ihr und begleitete sie in die Neustadt. Als sie endlich an der Tür klingelte, ging diese auf und ein Junge rief laut: „Mama, eine Negerin."

Der Schluss war Lukas vertraut. Ungefähr so hatte Grossmutter ihm die Geschichte von Katrins Ankunft erzählt. Lukas erfuhr von Barbara Details, die er noch nicht kannte oder wieder vergessen hatte: der anständige Grenzwächter, das Glas Bier am Bahnhof, der Hinweis auf Pius' Fahnenflucht. Doch zum Sinnieren blieb Lukas keine Zeit, weil Barbara mit dem Erzählen fortfuhr. Das Reden fiel ihr jetzt hörbar leichter. Barbara wandte sich ihrer Mutter zu. Mit vierzehn Jahren hatte Katrin ihr Elternhaus verlassen. Sie zog zu einer Verwandten, zu Tante Lisl in Adnet bei Hallein, wo sie auch arbeitete und eines Tages Pius begegnete. Ihre knappen Hinweise zeichneten das Bild einer jungen Frau, die früh auf eigenen Beinen stehen musste. Auch wenn Lukas im Grunde genommen wenig über Katrin erfuhr, war sie eine herausragende Figur im Mosaik.

Von Katrin kam Barbara auf Hugo und Fritz zu sprechen. Josys Buben waren für sie wie Brüder, auch später, als Barbara wieder bei ihren eigenen Eltern lebte. Zu ihnen hatte sie ein enges Verhältnis. Sich selbst beschrieb Barbara als ein wildes Kind, als einen Ruech, wie sie es nannte. Zum Leidwesen von Katrin seien ihre Kleider immer schmutzig gewesen. Katrin hätte wohl gerne ein ruhigeres Mädchen gehabt, doch von schönen Kleidern und Schuhen wollte die Tochter nichts wissen. Lieber rannte sie den Buben hinterher, kletterte mit ihnen über die Stadtmauer oder naschte in fremden Gärten. Diese Kindheitserinnerungen kamen Lukas bekannt vor. Sein Vater hätte sich ziemlich ähnlich charakterisiert. Zerrissene Kleider tauchten in seinen Erinnerungen ebenso auf wie wilde Expeditionen durch die Stadt Luzern. Gut möglich also, dass das kleine Mädchen den älteren Buben nacheiferte. Wahrscheinlich waren die Stadtkinder bestimmter Quartiere zu bestimmten Zeiten einfach Rueche. Die Neustädter auf jeden Fall.

Da Barbara wusste, dass Lukas ein Buch über Grossmutter schreiben wollte, kam sie im Gespräch mehrfach auf Josy zu sprechen. Aber die stimmungsvollen Anekdoten und lustigen Bonmots fehlten. In Barbaras Erzählungen blieb Josy blass, als ob für ihre temporäre Ersatzmutter keine passenden Steinchen zur Verfügung gestanden wären. Einzig die Tatsache, dass Josy oft und gerne mit Barbara spielte, verlieh dem unscheinbaren Fragment im Mosaik etwas Konturen. Als Erwachsene besuchte Barbara zusammen mit Josy Lotto-Veranstaltungen. Als furchtbar empfand sie die Jassrunden mit Josy und deren Bruder Pius. Barbara schüttelte den Kopf. Die beiden hätten einander während des Spiels wüste Dinge an den Kopf geworfen. Es sei grauenhaft gewesen. Barbara verzog das Gesicht.

Wie anders war Barbaras Körpersprache, als sie von Beno redete. Beno hatte sie als Kind verwöhnt. Er gab ihr bei jedem Treffen Schokolade oder einen Zweifränkler. Barbara strahlte. In wenigen Sätzen gestaltete sie mit zwei, drei Steinchen das Bild eines humorvollen und liebenswürdigen Mannes, der gerne eine Tochter gehabt hätte. Die Kinder mochten ihn. Sie nannten ihn Vogelvater, weil er immer die Vögel fütterte. Barbara lachte, dann wurde sie fast verlegen. Die Erwachsenen beurteilten Beno weniger schmeichelhaft. Zaghaft griff sie das Mosaiksteinchen aus der Erinnerungsschale der Familie heraus, das sich so sehr von ihren eigenen Eindrücken unterschied. In den Augen der Erwachsenen, erklärte sie, war Beno ein Tscholi, einer, der sich gefallen liess, dass Josy mit Bärti eine offene Beziehung führte, von der alle wussten. Kaum hatte Barbara diesen heiklen Punkt angesprochen, schien sie das Steinchen am liebsten gleich wieder aus ihrem Mosaik herausbrechen zu wollen. Lukas' Nicken beruhigte sie. Darüber habe Josy mit ihm zwar nie geredet, sagte Lukas, aber von dieser Beziehung wisse er von seinem Vater.

Gegen Ende des Gesprächs, als Barbaras Erzählschlaufen immer dünner wurden, warf Lukas noch einmal alle Namen auf, die er sich in seinem Buch notiert hatte. Doch Barbara wusste nichts mehr hinzuzufügen. Nur bei Bärti fiel ihr eine letzte Anekdote ein. In seinem grossen Auto mit dem weichen Polster fuhr er sie nach Hallein in die Ferien. Josy, Pius, Katrin und sie. Als sie in der Nähe von Hallein an einem Steinbruch vorbeifuhren, erklärte Pius laut, hier in diesem Steinbruch hätten er und Katrin Barbara gezeugt. Katrin fand dieses Geständnis gar nicht lustig. Bei Barbara hingegen hinterliessen die unverblümten Worte ihres Vaters einen nachhaltigen Eindruck, dem sie jetzt eine Weile nachhing, bis sie mit ihrem Schweigen Lukas zu verstehen gab, dass sie nichts mehr hinzuzufügen hatte. Und so endete Barbaras Erzählung, dort, wo alles seinen Anfang nahm. In Hallein, Katrins Heimat.

„Was meinst du? Wollen wir essen?"

Kaum hatte Barbara die Frage gestellt, brutzelten die Steaks auf dem Grill. Ernst hatte nur auf ein Zeichen gewartet, und – Regen hin oder her – alles minutiös vorbereitet. Der Geruch von gebratenem Fleisch vermischte sich mit dem Duft des Rotweins, mit dem sie auf Josy und auf Lukas' Besuch anstiessen. Unter dem Vordach wurde es immer gemütlicher. Die Pommes Chips verschwanden in Windeseile. Salat wurde angerichtet. Draussen watschelte eine Ente den grünen Streifen entlang. Die kämen vom See und brächten die Flöhe. Kichernd schob Ernst sich ein Stück Steak in den Mund.

Plötzlich donnerte ein Düsenflugzeug über den Campingplatz, gefolgt von der Patrouille Suisse. Da die Flugzeuge tief flogen, verursachten sie einen Heidenlärm, sehr zum Missfallen der Ente, die das Weite suchte. Ernst sprang vom Stuhl auf, rannte in den Regen hinaus und starrte zum Himmel hoch. Eine Super Constellation sei das, rief er, ein amerikanisches Düsenflugzeug. Ernst war sichtlich begeistert von der Flugshow. Als die Staffel nach einer Schlaufe von Neuem über den See bretterte, musste auch Lukas raus in den Regen, um die Flugzeuge besser beobachten zu können.

„Die Flugdemonstration verdanken wir der Schweizer Geschichte. Du als Historiker müsstest den Grund für den Anlass kennen."

„Ach ja. Keine Ahnung."

„Heute findet die Gedenkfeier zur Schlacht von Sempach statt. 1386."

Als Lukas im Zug sass und seine Notizen durch-
ging, erinnerte er sich an eine Anekdote, die Barbara
ihm vor zwei Stunden erzählte, als sie das Interview
längst beendet hatten. Eine Zeit lang wurde sie, während Katrin und Pius in der Viscosi arbeiteten, vom
Grossvater gehütet. Eines Tages hatte er seinen ersten,
schweren epileptischen Anfall und fiel hin. Barbara
war derart erschrocken, dass sie unter das Bett kroch
in der Meinung, der Grossvater sei gestorben. Wie
lange sie dort unten der Dinge harrte? Bis es dunkel
wurde? Lukas jedenfalls wusste, dass er recherchieren
musste, wollte er in der Familiengeschichte weiter-
kommen.

*

Lukas nahm Fährte auf. Handfeste Spuren von seiner Familie besass er fast keine, aber immerhin ver-
wiesen das Familienbüchlein und die drei Fotografien
von Martins Begräbnis in Indochina auf die Fremdenlegion. In deren Diensten starb Martin im Jahr 1931.
Das war eine mehrfach dokumentierte Tatsache. Zudem ging in der Familie das Gerücht um, Pius sei in
der Fremdenlegion gewesen. Zumindest hatte Barbara
ihm gegenüber bestätigt, dass ihr Vater wegen Fahnenflucht verurteilt worden war. Allerdings liess sich

historisch nicht erklären, wie ein Fremdenlegionär gegen Ende des Krieges in Salzburg landete. Dennoch schien es Lukas vernünftig, sich nicht auf Mutmassungen einzulassen, sondern sich an den wenigen Fakten zu halten. Er musste mehr wissen über die Fremdenlegionäre aus der Schweiz.

Von der Nationalbibliothek lieh Lukas zwei neue Studien über die 1831 ins Leben gerufene Fremdenlegion aus. 30 000 bis 40 000 Schweizer, so die Schätzungen der Historiker, leisteten bis 1962 in der Fremdenlegion Dienst. Bekamen die Behörden Wind davon, gingen sie der Sache nach. Meist waren es die besorgten Eltern, welche die Polizei alarmierten in der Hoffnung, ein Schweizer Diplomat vor Ort würde intervenieren und die jungen Männer zur Umkehr bewegen. In Ausnahmefällen hatten die Schweizer Behörden tatsächlich Erfolg. In der Regel aber fruchteten die Abklärungen nichts, sie hinterliessen höchstens ein dünnes Personaldossier. Mit Gefängnis bestraft wurden die Schweizer Fremdenlegionäre erst ab 1927 auf der Grundlage des neuen Militärstrafrechts, und zwar wegen Eintritts in fremden Militärdienst und Schwächung der Wehrkraft. Folglich fiel Pius' Zeit in der Fremdenlegion in jene Phase, in der die Behörden die Strafverfolgung aufnahmen. Deshalb war er aktenkundig, falls er für die Grande Nation gekämpft hatte. Die Dossiers befanden sich im Bundesarchiv. Lukas notierte sich die Bestandessignaturen.

An einem Nachmittag hatte Lukas Zeit für eine erste Recherche im Bundesarchiv. Wie er vorgehen sollte, wusste er nicht. Deshalb wählte er auf seinem Laptop die Homepage des Archivs an. Neben Öffnungszeiten und allgemeinen Informationen zur Bestellung und Konsultation von Beständen bot die Website des Bundesarchivs einen Einstieg in die Suche in fast allen Beständen des Archivs an. Wer fündig wurde, konnte gleich online die entsprechenden Dokumente bestellen. Lukas klickte das Angebot an. Mehrere Suchoptionen standen ihm zur Verfügung: Volltextsuche, Archivplansuche, Feldsuche. Da sich Lukas ohne Beratung nicht auf eine systematische Suche via Archivpläne einlassen wollte, wählte er die Volltextsuche. Doch welche Begriffe sollte er ins leere Feld eingegeben? In der Not wählte er Martins Namen. Sekunden später spuckte das Suchprogramm einen Treffer aus: Martin S., gestorben am 18.4.1931 in Vinh, Indochina. Volltreffer. Lukas war freudig überrascht. Dass er so schnell ans Ziel gelangen würde, damit hatte er nicht gerechnet. Die Aussicht darauf, die Akten bald in den Händen zu halten, erregte ihn. Einer spontanen Regung folgend, gab er auch Pius' Namen ins Suchfeld ein. Wieder dauerte es keine zwei Sekunden, bis das Programm fündig wurde. Zwanzig Dossiers listete es auf, darunter vier über Pius.

Fassungslos starrte Lukas auf den Bildschirm, bis er in aller Eile die Trefferliste ausdruckte, von der plötzlichen Angst getrieben, sie könnte sich in nichts auflösen. Doch die Trefferliste blieb. Wild sprangen Lukas' Augen von einer Beschriftung zur anderen. Sein Puls schlug immer kräftiger. „Ruhe bewahren, nichts überstürzen", hörte sich Lukas beruhigend murmeln, bevor er endlich das Naheliegendste in die Wege leitete. Er bestellte die Dokumente für den nächsten Mittwoch zur Einsicht.

Was die Familie über Jahrzehnte als Geheimnis gehütet hatte, war als Information für jedermann frei zugänglich. Irgendwo auf der Welt brauchte man nur den Namen von Pius in ein Eingabefeld zu tippen – und die Fakten lagen auf dem Tisch. Lukas war erschüttert. Wieso war er nicht schon früher auf die Idee gekommen, in den Beständen des Bundesarchivs zu suchen? Einen Moment lang zweifelte er an seinen Fähigkeiten als Historiker.

Erst nach und nach löste die Entdeckung einen Schwall von Fragen aus. Nach der Überrumpelung dauerte es eine Weile, bis Lukas zu begreifen begann. Sie müssen es alle gewusst haben, alle, Grossmutter und Katrin auf jeden Fall, wohl auch Barbara. Oder hielten die Erwachsenen alles vor Barbara geheim, um sie zu schonen? Wusste sein Vater Bescheid? Kaum. Als Pius im Gefängnis seine Strafe absass, ging der Vater in die Primarschule. Wäre er eingeweiht worden, hätte er darüber mit Lukas geredet. Doch sie schwiegen. Aus Schutz und vor Scham. Nein, das stimmte nicht. Sie hatten nicht geschwiegen. Sie erfanden eine Geschichte. Die Geschichte von Pius als Fremdenlegionär. Sprachen sie sich ab? Nein, diese Unterstellung war unsinnig. Sie erzählten, um andere Dinge nicht erwähnen zu müssen. Grossmutter hatte Lukas zum Narren gehalten. Lukas Hände ballten sich zu Fäusten. Ein zweites Mal liess er sich nicht täuschen. Jetzt lüftete er das Geheimnis.

Ungeduldig wünschte er sich den nächsten Mittwoch herbei. Wie schnell die Dinge sich auf einmal entwickelten. Zuerst das Familienbüchlein und die Fotografien, jetzt die Dossiers. Er steckte mitten drin in der Familiengeschichte.

7. Zigarette

Beno lässt mir keine Ruhe mehr. Seit ich die Stimmen gehört habe, geistert er durch die Wohnung. Er schiebt mir die Schuld zu. Aber diesen Vorwurf lasse ich nicht auf mir sitzen. Er trägt nicht minder Schuld als ich. Hätte er nur mehr aus sich gemacht. Von Beizenbesuchen und Theatervorstellungen hat noch keine junge Familie gelebt. Den Clown machen für andere, ja, dafür reichte es immer. Aber Ende Monat einen Lohn nach Hause bringen, von dem wir einige Franken auf die Seite hätten legen können, das blieb ein frommer Wunsch. Wir hatten nichts. Du brauchst mir kein schlechtes Gewissen zu machen, Beno. Mir hat dein letztes Couplet gereicht.

Wegen der grauen Handschuhe kehrte ich noch einmal in die Wohnung zurück. Draussen war es frisch. Ich wollte mir auf dem Stadtfriedhof nicht die Finger abfrieren. Also stieg ich rasch die Treppen wieder hoch. Die Handschuhe lagen auf der Ablage über der Garderobe. Lederhandschuhe, elegant, in grauem Ton. Ich zog sie noch in der Wohnung an. Zu viel Zeit durfte ich nicht mehr verlieren, da der Trauergottesdienst bald beginnen würde. Ich glaube, ich hatte die Hand schon auf der Türklinke, als ich mich über die Stille in der Wohnung wunderte. Liegt der etwa immer noch im Bett, ging es mir durch den Kopf. Verärgert stapfte ich in Richtung Schlafzimmer. Ich war willens, Beno aus den Federn zu holen und ihm meine Meinung zu sagen.

Beno hatte sich am Vorabend geweigert, am Gottesdienst teilzunehmen. Mit der Kirche hatte er nichts am Hut. Selbst bei der Beerdigung seines Bruders blieb er stur. Wir hatten uns deswegen gestritten. Er würde uns auf dem Friedhof erwarten, hatte er trotzig verkündet. Ich fand seine Haltung kindisch. Und jetzt war er drauf und dran, die Beerdigung seines Bruders zu verschlafen. Wütend riss ich die Türe zum Schlafzimmer auf.

Beno machte keinen Wank, obwohl ich mit Absicht die Klinke knallen liess. Unbeweglich lag er im Ehebett. Ich rief seinen Namen. Nichts. Dann bemerkte ich seine starren Augen. Beno war doch nicht tot? Ich berührte seine Wangen. Beno war tot. Ich schüttelte ihn an den Schultern. Beno war tot. Ich sass auf dem Bett und heulte. Beno war tot.

Fünf Tage nach seinem Bruder wurde Beno beerdigt, in derselben Reihe, zwei frische Gräber weiter.

*

Kurz vor neun Uhr morgens standen drei Männer vor der schweren Eichentüre des Bundesarchivs. Sie warteten in der Eingangshalle des Neorenaissancebaus auf Einlass in den Lesesaal. Während Lukas seine Aufregung gar nicht erst unterdrückte und auf und ab tigerte, sassen die zwei jüngeren Besucher an Stehtischen. Von der grosszügigen Treppe, die in die oberen Geschosse führte, liessen sie sich ebenso wenig beeindrucken wie vom schwarzen Eisentor, das Unbefugten den Zutritt zur Treppe verwehrte. Stumm warfen die beiden einen kurzen Blick auf Lukas, bevor sie sich wieder ihren Tablets zuwandten. Sie gehörten zur Sorte der erfahrenen Hasen, die schon viele Tage im Archiv verbracht hatten.

Nach endlosen Minuten öffnete eine junge Archivarin schwungvoll die Holztür. Sie lächelte den Wartenden zu und bat sie herein. Wenige Handgriffe genügten, und die zwei Routiniers hatten Tablets und Kaffeebecher weggeräumt. Mit schnellen Schritten marschierten sie durch eine Glastür in den Lesesaal, als ginge es darum, keine Sekunde der wertvollen Zeit zu verlieren. Lukas hingegen versorgte umständlich seine Mappe in einem Schliessfach, bevor er sich anmeldete und sein Anliegen vorbrachte. Lässig schob ihm die Archivarin eine Broschüre mit den wichtigsten Informationen zu. Auf Geheiss schrieb sich Lukas in die tägliche Präsenzliste ein und wie von Geisterhand öffnete sich die Glastür zum Lesesaal mit einem seltsamen Surren. Im Saal standen die fünf Dossiers auf einem Wagen bereit, genau wie es die Archivarin Lukas in professionellem Ton erklärt hatte.

In den fünf säurefreien Schachteln steckte die ganze Wahrheit über Pius, und vielleicht fand sich in dem einen schmalen Dossier ein Hinweis auf Martins verschollenes Leben. Akten zu zwei Brüdern. Akten zur Familiengeschichte. Lukas atmete durch. Zu Hause hatte er sich das Vorgehen genau zurechtgelegt. Er würde mit den Akten über Pius beginnen. Strikt chronologisch wollte er ein Schriftstück nach dem anderen durchlesen. Ohne Hast. Wichtige Passagen in den Dokumenten würde er von Hand in sein Notizbuch übertragen. Als er die erste Archivschachtel auf seinem Schreibtisch abstellte, schielte er kurz nach links und rechts. Niemand nahm Notiz von ihm, was er als Aufforderung zum Fortfahren verstand. Vorsichtig kramte er aus der Schachtel das Dossier mit der richtigen Bestandessignatur hervor. Zum Vorschein kam eine abgegriffene Mappe aus Karton.

Das Deckblatt der Mappe bestand aus einem gedruckten Formular. In eleganter Schnürchenschrift fasste darin ein Gerichtsschreiber die militärstrafrechtlichen Folgen einer Schlägerei in Emmen zusammen. Das Divisionsgericht 8 der Schweizer Armee verurteilte Pius zu drei Monaten Gefängnis, bedingt erlassen. Die Richter sahen es als erwiesen an, dass sich Pius mitten im Krieg des Vergehens gegen eine Wache, der einfachen Körperverletzung und Tätlichkeit sowie der Beschimpfung von Militärpersonen schuldig gemacht hatte. Die Verfahrenskosten von 20 Franken und 50 Rappen gingen auf Kosten des Angeklagten. Was war geschehen?

Am Sonntag, den 8. September 1941 brach Pius zu Fuss von Luzern nach Emmen an die Chilbi auf. Gegen 14.00 Uhr kam er im Dorf an und betrat die Wirtschaft Zum Sternen. Mit einem Bekannten, an dessen Namen sich Pius nach der Ausnüchterung in der Zelle nicht mehr erinnerte, trank er drei Liter Burgunder. Die genaue Massangabe, vor allem aber die noble Umschreibung Burgunder für den Billigwein, den die beiden wohl getrunken hatten, belustigten Lukas. An den Namen seines Trinkgenossen entsann sich Pius nicht mehr, die Mengen hingegen blieben ihm im Gedächtnis haften. Auf den Burgunder trank Pius noch eine Flasche Bier. Danach verliess er den Sternen. Vor dem Wirtshaus traf er zufällig auf seinen Bruder Kandi. Stracks kehrten die beiden wieder im Sternen ein. Sie leerten zwei weitere Literflaschen Wein. Danach habe er einen Rausch gehabt, erklärte Pius Tage später dem Untersuchungsrichter, und nicht mehr gewusst, was er mache. Es habe Krach gegeben, so viel habe er noch mitbekommen.

Sehr genau an den Radau erinnerte sich der diensttuende Korporal Wagenbach aus Basel. Zusammen mit den Soldaten Schmidiger und Salzmann schob er

Wache beim Schulhaus, das in unmittelbarer Nähe zum Wirtshaus lag. Er, Korporal Wagenbach, habe einige Schritte um das Schulhaus machen wollen, als er von einem betrunkenen Mann angerempelt worden sei. Als er mit ruhiger, aber fester Stimme um Anstand gebeten habe, sei Tschumpel eine der harmlosesten Beschimpfungen gewesen, die er über sich habe ergehen lassen müssen. Überhaupt habe der Betrunkene laut zu fluchen begonnen, so dass das Volk auf der Strasse aufmerksam geworden sei. Plötzlich habe der Besoffene ihm d'Schnorre verhauen wollen. Obwohl einige Herumstehende herbeigesprungen seien und versucht hätten, den Mann zu beruhigen, sei es zum Handgemenge gekommen.

Auch die Soldaten Salzmann und Schmidiger eilten ihrem Korporal zu Hilfe. Obwohl es ihnen schliesslich gelang, Pius in die Zelle des Wachlokals zu zerren, teilte dieser ununterbrochen Fusstritte und Faustschläge aus. Sichtlich verlegen schilderte Korporal Wagenbach seine in der Schlägerei erlittene Verletzung. Laut übereinstimmender Zeugenaussagen versetzte Pius ihm einen Faustschlag, worauf der Korporal taumelte und auf den Rücken fiel. Dabei renkte er sich den linken kleinen Finger aus. Als er wie ein Käfer auf dem Boden lag, griff Pius gemäss Aussagen der Wachleute nach dem Faschinenmesser des Korporals. Dank des resoluten Einschreitens von

Schmidiger und Salzmann konnte Schlimmeres verhindert werden. Selbst in der Zelle tobte und fluchte Pius weiter, bis er aus Erschöpfung still gab und einschlief.

Die Zeugeneinvernahmen wurden auf der Schulhauswache durchgeführt, wohl nachdem Pius in der Zelle endlich Ruhe gegeben hatte. Eines der Protokolle war handschriftlich angefertigt, die anderen mit der Schreibmaschine. In den Beschreibungen, einem wunderbaren Gemisch aus Mundart und Amtsdeutsch, spiegelten sich noch Jahrzehnte später Wut und Schrecken über das soeben Vorgefallene. Der Aufruhr an der Chilbi in Emmen vor der Wirtschaft Zum Sternen bot, daran zweifelte Lukas keine Sekunde, in der Gemeinde tagelang Stoff für Diskussionen.

Entsprechend verärgert hielt die Anklageschrift im Rückblick die Tatsache fest, dass sich der Zwischenfall wegen der Chilbi vor grossem Publikum abgespielt hatte. Mitten im Krieg reagierte die Armeeführung ungehalten auf Auseinandersetzungen zwischen Zivilisten und Militärangehörigen. Trotz der Verärgerung fiel das Urteil milde aus. Die Richter gewährten nämlich den bedingten Strafvollzug. Benahm sich Pius in den nächsten Jahren anständig, blieb es bei einem Eintrag ins Strafregister. Leistete er sich einen nächsten Ausrutscher, gab es kein Pardon mehr. Dann war die dreimonatige Gefängnishaft fällig. Das Urteil überraschte Lukas. Warum liessen die Richter Milde walten? Nach eigenem Bekunden wollte das Gericht dem Beschuldigten Gelegenheit geben, durch das Meiden des Alkohols auf den rechten Weg zurückzufinden und so vielleicht endgültige Heilung seiner Schwäche zu erlangen. Was war das für eine seltsame Begründung und Formulierung, dachte Lukas. Von der Gnade erhofften sich die Richter Heilung. Das Tribunal dürfte kaum daran geglaubt haben, dass Pius aufgrund des milden Urteils in Zukunft auf sein Laster verzichten würde. Dessen war sich Lukas sicher. Denn das Dossier enthielt weitere Dokumente, die auch den Richtern bekannt waren. Diese Akten gaben Einsicht in das Elend eines jungen Mannes. Da hatte einer versucht, sein trauriges Schicksal mit Alkohol wegzuschwemmen. Er liess sich gehen, als ob er ein im Wasser treibendes Holzstück sei. Und begehrte auf, als es längst zu spät war.

Die traurigen Umstände seines jungen Lebens schilderte der Angeklagte, als er nach der Ausnüchterung auf dem Posten der Heerespolizei einem Soldaten seinen Lebenslauf diktierte. Die Tasten klopften einen monotonen Rhythmus. Pius wuchs in einer armen, kinderreichen Familie auf. Nach dem Tod der Mutter – der zweiten Ehefrau des Vaters – fehlte eine erzieherische Hand. Der Bub lümmelte herum, bis er mit elf Jahren ins Kinderheim überwiesen wurde. Auf den Sonnenberg bei Kriens. Hier verbrachte er vier Jahre und absolvierte im Heim die Sekundarschule. Es folgte ein einjähriger Aufenthalt im Welschen als Hausbursche im Café des Sports. Zurück in Luzern fand er auf Baustellen Arbeit, später in der Viscosi. In diesen Jahren häuften sich die Verzeigungen wegen Raufereien nach übermässigem Alkoholkonsum. Mit Kriegsausbruch wurde er zum Militärdienst eingezogen und einige Monate vor dem Zwischenfall in Emmen nach zwei Jahren Aktivdienst als dienstuntauglich entlassen. Auf gerade einmal einer halben A4-Seite hatte Pius seine Geschichte resümiert, festgehalten auf dünnem, verletzlichem Papier. Bei diesem Papier handelte es sich um den zweiten, wenn nicht gar um den dritten Durchschlag. Die Buchstaben auf der Kopie waren kaum mehr zu entziffern, so dass Lukas das Papier gegen das Fenster hielt, um das Typoskript besser lesen zu können.

Sonnenberg bei Kriens. Pius war also auch ein Heimkind gewesen. Wenn sich Lukas nicht völlig täuschte, war der Sonnenberg doch dieses katholische Heim, das aufgrund von Vorkommnissen im Zweiten Weltkrieg in einen schweizweit beachteten Skandal verwickelt war. Auslöser der öffentlichen Empörung war eine kritische Berichterstattung über den Heimalltag. Schonungslos deckte der Journalist die harten Lebensbedingungen der Buben auf, die vorzugsweise aus armen Familien stammten. Sie verrichteten schwere körperliche Arbeit. Wer aufmuckte oder nicht spurte, wurde geschlagen. Essensentzug war eine andere beliebte Strafe. Begleitet wurde der Journalist von Paul Senn, dem berühmten Fotografen. Ihm gelangen eindrückliche Porträts, an die sich Lukas erinnerte. Schmale Gesichter mit ernsten Augen schauten den Betrachter direkt an. Kein Lächeln, kein Ausdruck von Neugierde war zu erkennen. Auffällig waren die dünnen Körper, denen die Entbehrungen nur allzu deutlich eingeschrieben waren, aber auch die muskulösen Oberarme. Sie zeugten von der täglichen Schufterei, vom Heben, Schieben und Ziehen. Pius war einer von ihnen gewesen, wenn auch zehn Jahre vor dem Sonnenberg-Skandal. Hatte er seine Schwestern Maria, Laura und Josy vermisst? War Kandi bei ihm zu Besuch gewesen? Warum liessen es die Geschwister zu, dass ihr jüngster Bruder ins Heim abgeschoben wurde?

Ein Blick auf die Uhr riss Lukas aus seinen Gedankengängen. Er musste schleunigst nach Hause. Seine Jungs schätzten es gar nicht, wenn es über Mittag nichts Warmes zu essen gab. Familiengeschichte hin oder her. Hastig verstaute Lukas das Aktenbündel in der Schachtel. Am Nachmittag würde er genug Zeit haben. Dann würde er endlich erfahren, was damals passiert war. Aufgewühlt verliess Lukas durch die Glastür den Lesesaal, in dem die beiden verbliebenen Historiker immer noch stoisch in ihren gebündelten Akten lasen und von seinem überstürzten Abgang keine Notiz nahmen.

*

Die Aufsicht am Schalter hob den Kopf, nickte und löste per Knopfdruck das Öffnen der Türe aus. Noch immer sassen die beiden Historiker stumm an ihren Tischen, so wie Lukas sie vor zwei Stunden verlassen hatte. Kamen die ohne Essen aus? Rasch beugte sich Lukas über die zweite graue Archivschachtel. Sie roch dumpf.

Lukas' Hände zitterten leicht, als er die Bändel aufknüpfte und den Deckel hob. Aller Voraussicht nach würde er in den nächsten Stunden endlich erfahren, was Grossmutter ihm verheimlicht hatte. Der Schlüssel zum Geheimnis bestand aus einem dicken Bündel mit allerlei Akten und Dokumenten, das ein Viertel des Schachtelvolumens für sich beanspruchte. Zum Aktenbündel hatten mehrere Amtsstellen beigetragen.

Eine Ordnung in der Ablage war nicht erkennbar. Gerichtsakten, meist Durchschläge, lagen neben zwei Gnadengesuchen, die aus der Hand von Pius stammten. In einem handschriftlich verfassten Lebenslauf schilderte der Angeklagte die Ereignisse einige Jahre später aus seiner Sicht. Zeugeneinvernahmen von Lukas' Grossmutter und ihres alten Vaters, der des Schreibens nicht mächtig war und das Protokoll mit zwei Kreuzen unterzeichnet hatte, kamen zum Vorschein. Eine Stellungnahme der Gemeinde Emmen tauchte auf, dem Wohnort von Pius' Familie. Von der armen, kinderreichen Familie hielt man dort gar nichts. Die Kantonspolizei Luzern dokumentierte ihre Recherchen, nachdem sie erfahren hatte, dass Pius offenbar illegal nach Deutschland ausgereist war. Auch die Bundesanwaltschaft und das schweizerische Konsulat in Stuttgart zogen Informationen ein, allerdings waren diese wenig ergiebig. Weitere Dokumente folgten.

Zweimal wurde die Strafsache verhandelt. Einmal, mitten im Krieg, in Abwesenheit von Pius, das andere Mal, als Pius 1947 in der Strafanstalt Sedelhof von seinem Recht Gebrauch machte und die Wiederaufnahme des Verfahrens verlangte. Lukas nahm den Faden von Pius' Lebensgeschichte wieder auf. Er fuhr dort weiter, wo er ihn am Morgen scheinbar verloren hatte. Im Jahr 1941, genauer einige Monate, bevor

Pius an der Chilbi in Emmen für einen gehörigen Aufruhr gesorgt hatte.

Im Sommer 1941 wurde der Gebirgsfüsilier aus medizinischen Gründen aus der Armee entlassen. Gerechtfertigt wurde die Entfernung aus der Armee laut der Anamnese des Feldarztes damit, dass der Soldat während seines Aktivdienstes an starken Ekzemen, vor allem aber unter einer pathologischen Trinksucht litt. Auch wochenlange Aufenthalte in diversen Militärsanitätsanstalten bewirkten keine Verhaltensänderung. Kaum war Pius nach einer Entziehungskur wieder bei seiner Truppe, begab er sich bei der ersten Gelegenheit in die nächstbeste Wirtschaft und trank. Der Bericht des behandelnden Psychiaters zeichnete ein rabenschwarzes Bild von Pius' Persönlichkeit. Im Patienten sah der Mediziner einen erregbaren, explosiven und primitiven Menschen mit einer abnormen psychischen Konstitution. Saufgelage und Konflikte mit dienstlichen Anordnungen, darüber machte sich der Mediziner keine Illusionen mehr, wären nur eine Frage der Zeit. Angesichts des unbeherrschten und undisziplinierten Charakters, so die wenig überraschende Schlussfolgerung des Psychiaters, sei die Ausmusterung als nicht mehr zu umgehen zu bezeichnen.

Lukas schmunzelte, auch wenn die Gründe von Pius' Dienstuntauglichkeit alles andere als lustig waren. Die gestelzte Sprache des Arztes passte so gar nicht zum banalen Sachverhalt, den sie wiedergab. Letztlich kaschierte die drastische Diagnose das Eingeständnis des Arztes, dass er mit Pius nicht mehr weiterwusste. Also jagte er ihn mit einer psychologischen Tirade zum Teufel. Vermutlich, und darin lag die Ironie der Geschichte, trug das vernichtende Gutachten Jahre später dazu bei, dass Pius im wiederaufgenommenen Verfahren milde bestraft wurde. Denn beim Strafmass spielte die Frage, inwiefern politische Überzeugungen für die illegale Einreise nach Deutschland ausschlaggebend waren, eine entscheidende Rolle. Diesbezüglich stellte das Gutachten Pius eine äusserst günstige Diagnose. Ein chronischer Säufer und undisziplinierter Charakter taugte nicht zum ideologischen Überzeugungstäter.

Nach seiner Entlassung aus dem Aktivdienst kehrte Pius nach Luzern zurück. Was danach geschah, entnahm Lukas dem handgeschriebenen Lebenslauf, den Pius in der Strafanstalt zuhanden des Untersuchungsrichters verfasst hatte. Vorerst kam Pius bei seinem alten Vater unter. Bald fand er in einer Fabrik Arbeit. Im Spätsommer begegnete er seiner Exfreundin. Sie war seine erste grosse Liebe gewesen. Pius hätte die junge Frau damals geheiratet, obwohl sie ein uneheliches Kind in die Ehe mitgebracht hätte. Kurz vor der Mobilmachung trennten sie sich jedoch, weil sich die Frau am Ende für den Kindsvater entschied. Ein herber Schlag für Pius. Monate später trafen sie sich zufällig, er soeben aus dem Dienst entlassen, sie bereits wieder vom Kindsvater getrennt. Mehrfach redeten sie miteinander. Offensichtlich warb die Frau um Pius in der Hoffnung, er würde ihr verzeihen. Warum Pius trotz versöhnlicher Aussprache, wie er explizit erwähnte, nicht bei ihr blieb, ging aus seinem Lebenslauf nicht hervor. Schilderte er andernorts knapp und klar, verhedderte er sich an dieser Stelle seines Lebensberichts in Nebensätzen, die ins Leere führten. Mehrmals las Lukas die Passage halblaut vor, doch der Sachverhalt blieb unklar. Noch einmal entzifferte er Buchstabe für Buchstabe, doch es blieben dieselben Sätze. Pius wollte die Frau nicht mehr sehen, kam aber nicht von ihr los und wusste sich vor ihren Avancen, die ihm schmeichelten, nicht zu schützen. Die sich in der Argumentation verstrickenden Nebensätze illustrierten Pius' Krise plastisch, auch wenn sie seine Gefühlslage mehr zu- als aufdeckten. Er wusste nicht, was er fühlen sollte, geschweige denn, was zu tun war. In der Not gab Pius seine Arbeitsstelle auf. Das Unheil nahm seinen Gang. Im Polizeirapport las Lukas nach, dass Pius zu trinken begann und sich an Raufereien beteiligte. Innert kürzester Zeit kam es dreimal zu einer Verurteilung. Woher Pius das Geld zum Begleichen der Bussen nahm, hätte Lukas gerne gewusst. Entweder sprang der Vater ein, oder dann Josy, die ältere Schwester. Dann kam der September und Pius besuchte die Chilbi in Emmen.

Auf seinen Beizentouren lernte Pius den Paul Müller kennen. Müller spielte schon länger mit dem Gedanken, nach Deutschland abzuhauen. Er schlug Pius vor, er solle ihn begleiten. In Deutschland gebe es Arbeit und in der Ferne würde er die Frau vergessen. Letzteres Argument überzeugte Pius. Die Flucht erschien ihm als Befreiungsschlag. Hatte Pius den Müller im Lebenslauf vorgeschoben, weil er wusste, dass der Untersuchungsrichter seine Lebensgeschichte aufmerksam lesen würde? Hatte er wirklich geglaubt, es genügten ein paar Hundert Kilometer Distanz, um seinen Liebeskummer zu überwinden? Schloss er sich Müller an, weil dieser Entscheidungen traf und Pius' verpfuschtem Leben wieder eine Richtung vorgab? Pius' Schilderung passte zu den Erkenntnissen des rapportierenden Polizeibeamten. Dessen Abklärungen in den einschlägigen Wirtshäusern bestätigten, dass Pius trank. Zudem stiess auch der Beamte auf eine Frauengeschichte. Hingegen fand er keinerlei Hinweise auf eine politische Mitgliedschaft des Angeklagten in einer rechtsextremen Bewegung, auch

wenn einer der vielen Saufbrüder von Pius ein beken-
nender Nationalsozialist war. Zum Bedauern des Beamten zeigte Pius an der Politik keinerlei Interesse.

Vielleicht weil der Untersuchungsrichter darauf
Wert gelegt hatte, schilderte Pius den illegalen Grenzübertritt Mitte März 1942 ausführlich in seinem Lebenslauf, obwohl er denkbar unspektakulär vor sich
gegangen war. Die beiden Ausreisser fuhren mit dem
Zug nach Basel, warteten in einer Beiz, bis es Nacht
wurde. Im Schutz der Dunkelheit schlichen sie bei
Saint-Louis über die Grenze. Dahinter wurden sie von
einer deutschen Grenzpatrouille aufgegriffen, der Gestapo übergeben und nach einigen Stunden Verhör
nach Stuttgart ins Panoramaheim abtransportiert, dem
Sammelort für nach Deutschland entwichene Schweizer. Ohne Ausweispapiere und Geld, dafür mit einer
gültigen Fahrkarte. Das Verhör bei der Gestapo verlief glimpflich und war von kurzer Dauer. Im Panoramaheim in Stuttgart dämmerte es den beiden allmählich, dass die bis anhin zuvorkommende Haltung der
deutschen Behörden blanker Hohn war.

Ob die beiden nüchtern gewesen waren, als sie in
der Nacht über die Grenze geschlichen waren? Beru-
higten sie sich mit einem Kafi Schnaps? Lukas war
sich sicher, dass die beiden getrunken hatten. Zudem
war es spät in der Nacht ziemlich kühl. Auch durften

sie niemandem auffallen. Also setzten sich an einen Tisch und tranken ihren Kaffee. Was hatten sie jenseits der Grenzen erwartet? Sicher nicht die Gestapo. Waren die beiden wirklich so naiv, dass sie blindlings in ihr Verderben schlichen? Lukas wandte sich wieder Pius' Lebenslauf zu.

Bei einer ersten militärischen Musterung in Stuttgart fiel Pius durch. Während Müller in die SS eingezogen wurde, absolvierte Pius drei Monate militärischer Vorunterricht beim Deutschen Reichsarbeitsdienst. Anstatt ein Gewehr, erklärte Pius später bei der Einvernahme, habe er einen Pickel geschultert. Von Müller war in den Akten ab diesem Zeitpunkt nie mehr die Rede, so dass sich Lukas fragte, was wohl aus dem kurzzeitigen Weggefährten geworden war. Waren sie sich je wiederbegegnet? Hatte SS-Soldat Müller den Krieg wie Pius überlebt? Vielleicht wurde Müller just in dem Moment an die Front geschickt, als sein ehemaliger Weggefährte seine dreimonatige Waffenausbildung als Infanterist im Sudetenland antrat. Es war für Pius der Anfang einer langen Odyssee durch die grossen Kriegsschauplätze Europas.

Vorerst hatte Pius Glück. Ein Ekzem an den Beinen zwang ihn zu einem Lazarettaufenthalt. Dann kam es knüppeldick. Aufgrund eines Streits mit einem

Vorgesetzten wurde Pius strafweise nach Italien abkommandiert. In seinem Lebenslauf stand über seinen ersten Kriegseinsatz, dass er an exponierter Stelle gegen Tito-Partisanen gekämpft habe. An exponierter Stelle. Was verbargen die drei harmlosen Worte? Lukas wusste nichts über die Geschichte der SS, aber hinter den drei Wörtern taten sich Abgründe auf, daran gab es keinen Zweifel.

Drei Jahre verbrachte Pius als Infanterist im Krieg. Nach dem Italieneinsatz wurde er am Flammenwerfer ausgebildet. Wenn er nicht kämpfte, lag er mit Verletzungen im Lazarett. Einmal war es die Hand, dann eine Schusswunde am Fuss, immer wieder das Ekzem. Kaum genesen, ging es an die nächste Front. Pius kämpfte in Russland, dann in Norwegen, später in Frankreich gegen die Alliierten. Einen Monat vor Kriegsende desertierte er in der Nähe von Salzburg, als er nach einem weiteren Lazarettaufenthalt zurück an die zusammenbrechende Westfront hätte fahren sollen. Er flüchtete nach Hallein, einem Städtchen nahe bei Salzburg. Dort hatte er ein Jahr zuvor eine Frau kennengelernt, als sämtliche Schweizer, die in der Waffen-SS dienten, hier 1944 für eine Neugruppierung zusammengezogen worden waren.

Er habe nie Soldat werden wollen, beteuerte Pius gegenüber dem Untersuchungsrichter nach dem

Krieg. Im Panoramaheim sei er unter einer Art Zwang gestanden. Ohne Ausweispapiere und Geld sei er der Gestapo ausgeliefert gewesen. Er habe Angst gehabt, sie würden ihn ins KZ stecken. Deshalb habe er eingewilligt, freiwillig Dienst zu leisten. Lukas glaubte Pius' Beteuerungen, so wie es schliesslich auch das Divisionsgericht tat. Aus Perspektivlosigkeit, Liebeskummer und Naivität war Pius nach Deutschland abgehauen. Für seine Dummheit büsste er mit drei Jahren Kriegsdienst. Was Pius erlitten und an Leid verursacht hatte, stand nicht in seinem Lebenslauf. In drei Jahren Fronteinsatz musste er Grauenhaftes gesehen und erlebt haben. Hatte er sich an Gräueltaten beteiligt, für welche die Waffen-SS gefürchtet war? Hatte er gemordet, Drecksarbeit erledigt? Pius' biografische Schilderungen beschränkten sich auf Ausbildungen an Waffen, Fronteinsätze, Lazarettaufenthalte. Über den Kriegsalltag verlor Pius kein Wort. Er schwieg.

Als sich Lukas über die Leerstellen im Lebenslauf Gedanken machte, zuckte er plötzlich zusammen. Vorne an der Ausleihe bückte sich die junge Archivarin und las einen Stoss Blätter vom Boden auf, der ihr runtergefallen war. Entschuldigend lächelte sie in den Saal. Sie hatte Lukas zu Tode erschreckt, so sehr war er in Pius' Geschichte eingetaucht. Sein Blick wanderte von der Archivarin zum Fenster. Draussen schien die Sonne. Es war heiss. Keine Menschenseele war im kleinen Park zu sehen. Umso angenehmer war es drinnen im Lesesaal. Hier herrschte eine wohltuende Kühle. Der Raum muss klimatisiert sein, dachte Lukas, bevor er von Neuem Pius' Lebenslauf in die Hand nahm.

Nachdem dieser im Frühjahr 1945 bei seiner Braut Katrin aufgetaucht war, versteckte sie ihn einen Monat lang in einer Höhle im Wald. Erst als die Amerikaner im Mai Salzburg eroberten, stellte er sich den Alliierten. Vorerst kam er in eines der Interniertenlager in der Umgebung von Salzburg. Im Juni 1945 wurde er als Informator beim amerikanischen Counter Intelligence Corps angestellt. Als Lukas diese Passage las, schüttelte er den Kopf. In der Familie hiess es tatsächlich, Pius habe für den CIA gearbeitet, was Lukas als Unsinn abgetan hatte. Er hielt dies für eine abenteuerliche Übertreibung. Tatsächlich diente Pius nicht im legendären Geheimdienst, aber doch bis zum Januar 1947 in einem militärischen Nachrichtendienst der Amerikaner. Was Pius dort getan hatte, blieb Lukas ein Rätsel. Wie schaffte der Waffen-SS-Mann bloss den Sprung in den Nachrichtendienst? Was müssen das für chaotische Monate gewesen sein, dass ein solcher Werdegang möglich wurde?

In Salzburg nahm Pius nach fast einem Jahr Arbeit für die Amerikaner über das dort ansässige schweizerische Konsulat Kontakt mit den Schweizer Behörden auf. Trotz der Aussicht auf eine achtjährige Haftstrafe wollte er in die Schweiz zurück. Ende März 1947 verliess Pius Salzburg. Im Grenzbahnhof Buchs wurde er verhaftet und nach Luzern überführt. Noch bevor sein Strafprozess wiederaufgenommen wurde, sass er eine dreimonatige Haftstrafe ab, die mit seiner Zugehörigkeit zur Waffen-SS nichts zu tun hatte. Das Strafmass ging auf die Chilbi-Episode aus dem Jahr 1941 zurück. Ursprünglich hatte das Urteil vom Dezember 1941 auf drei Monate bedingt auf Bewährung gelautet, weil Pius aber in die Waffen-SS eintrat, wurde die bedingte Strafe in eine unbedingte umgewandelt. Mehr als fünf Jahre später sass Pius diese erste Strafe ab, als er auf die Wiederaufnahme seines Prozesses wartete.

Unter dem Eindruck des Krieges war das erste Urteil vom November 1942 in Abwesenheit des Angeklagten harsch ausgefallen. Es verlangte nicht nur acht Jahre Zuchthaus, sondern auch den Ausschluss aus dem Heer und die Einstellung des aktiven Bürgerrechts für fünf Jahre. Im Wiederaufnahmeverfahren 1947 urteilte die Militärjustiz gnädiger. Pius wurde wegen Ungehorsam gegen allgemeine Verordnungen,

Nichtbefolgung von Dienstvorschriften, fremder Militärdienste und Dienstversäumnisse neu zu zehn Monaten Gefängnis verurteilt. Die Kosten von 40 Franken und 70 Rappen hatte der Angeklagte zu übernehmen. Absitzen musste Pius die Strafe in der kantonalen Strafanstalt Sedelhof in Luzern, in der er ja bereits einsass. Zählte Pius seine beiden Strafen zusammen, kam er auf dreizehn Monate Haft. Erstaunlicherweise schrieb er schon bald ein Gnadengesuch an den Bundesrat und bat darin um frühzeitige Entlassung. Wer hatte ihm bloss dazu geraten? Lukas wunderte sich. Hatte Pius einen Anwalt zur Seite, der ihm zu diesem Schritt riet? Wohl kaum, denn ein Anwalt kostete, und weder Pius noch die Familie hatten Geld.

Konfrontiert mit dem Gnadengesuch, musste der Oberauditor der Armee zuhanden des Bundesrates eine Empfehlung abgeben. Der höchste Militärrichter plädierte für Ablehnung. Er sprach von einem milden Urteil, weshalb eine vorzeitige Haftentlassung nach nur einem halben Jahr nicht angezeigt sei. Dieser Einschätzung folgte der Bundesrat und lehnte ab. Zwei Monate später, anlässlich von Pius' zweitem Gnadengesuch, kamen Militärjustiz und Behörden zum umgekehrten Schluss und hiessen das Gesuch gut. Sie ordneten die vorzeitige Entlassung aus der Haft an. Hatten sie Mitleid? Daran mochte Lukas nicht glauben, obwohl er einen Augenblick daran gedacht hatte.

Sahen sie in Pius eine Arbeitskraft, die draussen gebraucht wurde und in der Anstalt nur Kosten verursachte? Diese Erklärung schien Lukas zu zeitgenössisch zu sein. Letztlich blieben ihm die Motive der Behörden schleierhaft. So verbrachte Pius etwas mehr als zehn Monate im Sedelhof, bis sich im Februar 1948 das Tor öffnete und er ins Freie trat. Die siebenjährige Odyssee war zu Ende

Lukas warf einen Blick in den Lesesaal. Es herrschte konzentrierte Stille. An das leise Klicken des Fotoapparats hatte er sich rasch gewöhnt. Seit knapp einer Stunde fotografierte einer der jüngeren Historiker Akte um Akte, als ob er keine Lust auf weitere Tage im Bundesarchiv gehabt und deshalb zu einer drastischen Massnahme gegriffen hätte. Ob er die Hunderte von Seiten je einmal lesen würde? Lukas hob eine nächste Archivschachtel vom Wägelchen und stellte sie auf seinen Schreibtisch. Das letzte Dossier zu Pius erwies sich als schmales Aktenbündel der Eidgenössischen Polizeiabteilung. Für einmal ging es nicht um eine Militärstrafsache.

Nach dem Krieg benötigte Pius für sich und seine Familie einen Reisepass. Ohne Ausweispapiere blieb ihnen die Rückreise in die Schweiz versperrt. Aus den Dokumenten, die Lukas vor sich hatte, ging hervor, dass Pius seine Verwandten in der Schweiz um Hilfe gebeten hatte. Grossmutter schrieb jedenfalls im September 1946 einen rührseligen Brief an die Schweizerische Bundesanwaltschaft. In dramatischen Worten bat sie die Behörde um Hilfe. An der Anrede „Geehrte Herren" hatte Lukas seine Freude, ebenso an der Unterschrift, die er sofort als die ihre erkannte. Offensichtlich hatte Grossmutter für den Brief keine Hilfe in Anspruch genommen. Selbstbewusst formulierte sie, wie es ihr richtig erschien. Höflichkeitsfloskeln, wie sie im Umgang mit Behörden üblich waren, liess sie ausser Acht. Umso eindringlicher schrieb sie von einer verratenen Liebe, von einer jungen Braut und einem hilfsbedürftigen Kleinkind, von einem grossen Fehler ihres kleinen, dummen Bruders und vom Wunsch des gebrechlichen Vaters, den verlorenen Sohn vor seinem Tod wiederzusehen. Da liess Grossmutter ihrer theatralischen Ader freien Lauf.

Was Grossmutter damals nicht wissen konnte, erfuhr Jahrzehnte später der Enkel aus den Akten. Intern klärte die Bundesanwaltschaft ab, ob man Pius die Papiere verweigern konnte. An einem Schweizer SS-Mann bestand nach 1945 in Bern kein Interesse. Die internen Abklärungen ergaben, dass die Behörde rechtlich gezwungen war, auch im Fall von Pius für Papiere aufzukommen. Da Frau und Kind im Gegensatz zum Mann keine Schweizer Staatsbürger waren, hatten sie keinen Anspruch auf Reisedokumente. Im

Antwortschreiben an Grossmutter fiel die Rechtsbelehrung knapp aus. Pius solle sich in Salzburg beim Konsulat melden. Dort würde man ihm einen provisorischen Reisepass ausstellen. Für Frau und Kind sei die Schweiz nicht zuständig. Ferner müsse der Bruder sich im Klaren darüber sein, dass er bei der Rückkehr umgehend verhaftet werde. Er sei nämlich zu acht Jahren Zuchthaus verurteilt worden.

Wahrscheinlich, überlegte sich Lukas, erfuhr Pius erst über diese Rechtsbelehrung, dass auf ihn acht Jahre Zuchthaus warteten. Die Schweizer Militärjustiz hatte ihn für seinen grossen Fehler, wie es die Schwester formulierte, hart bestraft. Noch schlimmer dürfte der Bescheid gewesen sein, dass Katrin und Barbara keine Reisedokumente erhielten. Er musste sie zurücklassen, was er nicht wollte. Oder er blieb in Salzburg, wo es für ihn keine Zukunft gab. Letzteres wäre der Bundesanwaltschaft sehr gelegen gekommen. Pius befand sich in einer Zwickmühle und wagte den Befreiungsschlag. Er schrieb einen Bittbrief ans Justiz- und Polizeidepartement. Darin bereute er seinen Fehler, für den er auch geradestehen werde. Aber er wolle Verlobte und Kind nicht alleine zurücklassen. Seine Braut und er beabsichtigten, in der Schweiz zu heiraten. Auch würden sie auf alle Notstandsunterstützungen verzichten. Während er im Gefängnis sei, kämen seine Geschwister in der Schweiz für Frau und

Kind auf. Seine Verlobte sei politisch einwandfrei und stamme aus einer sehr konservativen Familie. So eindringlich der Brief auch formuliert war, so wenig änderte er etwas an der Haltung der Behörden. Im März 1947 entschied sich Pius für die alleinige Rückreise und den Antritt der Gefängnisstrafe.

Welche Möglichkeiten hatten Pius und Katrin am Küchentisch in Hallein in Betracht gezogen, bis sie sich für die Trennung aussprachen? Pius verliess auf Jahre Frau und Kind, wenigstens war dies damals ihre Perspektive. Und Katrin? Sie war eine junge Frau mit einem Kind von einem SS-Soldaten. Hatte sie in den Nachkriegswirren Arbeit gefunden? Sorgte die konservative Familie für sie? Sie hatte doch keine Ahnung, ob und wann es ihr möglich sein würde, an einen gültigen Reisepass heranzukommen. Die Umstände in Hallein müssen ziemlich düster gewesen sein, dass sich die zwei auf ein solches Abenteuer einliessen.

Lukas schaute sich um. Die zwei Historiker sassen still an ihren Tischen und beugten sich über ihre Akten. Der eine hatte mit dem Knipsen aufgehört und wandte sich wieder der Lektüre zu. Dazu war der grosse Saal da: sich hinsetzen und in vergangene Welten eintauchen. Einen Augenblick lang spielte Lukas mit dem Gedanken, Martins Dossiers am nächsten

Tag zu lesen. Lukas fühlte sich müde und wie erschlagen von den Nachrichten und Fragen, die ihm durch den Kopf schwirrten. Ein Bad in der Aare würde ihm guttun. Dennoch griff er fast mechanisch nach der letzten Schachtel. Die Neugier siegte über die Müdigkeit. Falls er auf ein dickes Bündel stossen würde, gäbe er für heute auf.

Eine halbe Stunde später verliess Lukas zufrieden den Lesesaal. Lässig winkte er der Aufsicht hinter dem Schalter zu, bevor er seine Mappe aus dem Schliessfach holte und sein Notizbuch darin verstaute. Er hatte an diesem einen Tag mehr erfahren als in den Jahrzehnten davor. Angesichts der Akten im Bundesarchiv erschienen Grossmutters Geschichten in einem neuen Licht. Sie wusste viel mehr, als sie ihm erzählt hatte. Bei ihr liefen die Fäden zusammen. Anstelle des gebrechlichen Vaters, der des Schreibens nicht mehr fähig war, managte sie die Familie, soweit die schwierigen Verhältnisse das überhaupt zuliessen. Wenn Entscheidungen anstanden, wurden sie von Grossmutter gefällt. Wie anders hatte sich Grossmutter am Küchentisch geäussert. Sie verfolgte eine klare Strategie, indem sie sich zurücknahm, sich hinter widrigen Umständen kleinmachte. Lukas gegenüber sprach sie von Sachzwängen, die ihr den Weg wiesen. Sie tat, was zu tun war. Das stimmte – und stimmte auch nicht. Was sie Lukas verschwieg: Sie tat, was sie wollte. Jeden Zentimeter Handlungsspielraum nutzte sie. Sie war das Oberhaupt der Familie, auch wenn dieser kleine Verband an allen Ecken und Enden auseinanderbrach.

Als Lukas über die Kirchenfeldbrücke schritt, die das Archiv- und Museumsquartier mit der Altstadt verband, war er über Grossmutter verärgert. Wieso hatte sie ihm eine Version der Geschichte anvertraut, die den Fakten kaum standhielt? Was sollte die Geheimniskrämerei? Grossmutter hatte ihm nur einen Bruchteil der Ereignisse erzählt, ihm wichtige Dinge vorenthalten. Was für eine Sauerei! Andererseits hatte er nie nachgefragt. Oder täuschte ihn die Erinnerung? Hatte sie Angebote gemacht, auf die er nicht eingegangen war? Schliesslich hatte Lukas immer geahnt, dass an der Geschichte etwas nicht stimmte, nicht stimmen konnte. Nein, sie hatte geschwiegen, da war sich Lukas sicher. Er hätte die Gespräche aufnehmen sollen. Lukas' gutes Gefühl nach dem Archivbesuch drohte im Ärger über die widrigen Umstände seiner Nachforschungen umzuschlagen.

Am Brückenende lud das Restaurant Casino zum Innehalten ein. Die Bäume auf der Aussichtsterrasse versprachen Kühle, das Stimmengewirr verhiess Zerstreuung. Genau das brauchte Lukas jetzt. Gerne liess er sich verführen. Der weite Blick runter auf die Aare beruhigte ihn. Er setzte sich und bestellte ein Bier. Danach wollte er mit Ricarda schwimmen gehen in der Aare.

8. Zigarette

Dass du, Pius, dich an meinen Küchentisch wagst, ist des Guten zu viel. Mein kleiner Bruder, du warst ein Leben lang eine Zumutung. Ja, Zumutung ist das richtige Wort, du brauchst gar nicht den Kopf schütteln. Immer hast du etwas von mir gewollt, immer hast du mich in die unmöglichsten Situationen gebracht. Und als Dank für meine Hilfe hast du mir obendrein Zigaretten ausgerissen. Wieso habe ich dich nicht sitzen gelassen? Schau mich nur an mit deinen Augen. Es sind Mutters Augen. Mutter hatte diese dunklen Augen. Traurige, irgendwie bodenlose Augen. Du hast Mutter vermisst, Pius. Jetzt nickst du. Mir fehlt sie auch.

Obwohl ich mir vorgenommen habe, nicht über dich zu reden, habe ich Lukas gegenüber Anspielungen gemacht. Ich kann einfach nicht den Mund halten. Das konnte ich nie. Sofort spitzte Lukas die Ohren. Aber mehr erfährt er von mir nicht. Nicht von mir.

Dabei hätte ich einiges zu erzählen! Stimmt doch, oder? Aber du brauchst keine Angst zu haben. Ich werde die Ehre der Familie hochhalten. Mutter zuliebe.

Die Zeugenbefragung hatte in der Polizeikaserne stattgefunden. An meinem Arbeitsplatz. Wie jeden Abend putzte ich in der Kaserne. Ich war gerade daran, den langen Korridor im ersten Stock nass aufzuwischen, als mich ein Beamter in Zivil in ein Büro bat. Dort sass ein junger Polizist in Uniform, den Hut neben sich auf dem Tisch. Sobald das Verhör begann, hämmerte er auf seine Schreibmaschine ein. Ich hatte Angst um meine Stelle. Ohne das Putzgeld wäre ich nicht über die Runden gekommen. Was die Polizei von mir wollte, konnte ich mir denken.

Ohne Umschweife fragte mich der Untersuchungsrichter, ob ich wisse, wo Pius stecke. Ich gab zu, dass Pius nach Deutschland abgehauen war. Auch, dass er aus Stuttgart einen Brief geschrieben hatte. Den Brief musste ich dem Vater vorlesen. Pius brauchte Kleider und Zigaretten. Sonst stand nichts darin, kein Wort der Erklärung – nichts. Ausgerechnet dem alten Vater hast du geschrieben, dem du schon vorher ständig zur Last gefallen warst. Zuerst wollte der Untersuchungsrichter nicht recht glauben, dass ich den Brief verbrannt hatte. Dabei war das nicht gelogen. Ein solches

Schreiben bewahrte kein Mensch auf. Einen Brief aus Deutschland, in diesen Jahren!

Auf das erste Schreiben hatte ich Pius geantwortet und behauptet, der Vater lebe bei mir, er solle in Zukunft die Briefe an meine Adresse schicken. Ich wollte vermeiden, dass der Vater sich Sorgen machte. Die Angelegenheit setzte ihm zu. Sein Sohn war bei den Nazis, wenn das jemand erfuhr! Das hat dem Untersuchungsrichter eingeleuchtet.

Ich entschied mich, im Verhör alles zu sagen, was ich wusste. Deshalb erwähnte ich alle drei Briefe. Wegen dir, Pius, wollte ich die Stelle auf keinen Fall verlieren. Ich hatte Angst.

Kurz nach meinem Geburtstag traf ein zweiter Brief ein. Wieder hatte die Wehrmacht ihn zensuriert, denn die Schnittstelle am Rand des Couverts war durch einen Klebstreifen wieder verschlossen worden. Du hattest alle Kleider bekommen, benötigtest aber weitere. Du würdest in der SS freiwillig Dienst leisten, teiltest du uns mit. Dem Vater sagte ich nichts, und auch diesen Brief verbrannte ich sofort. Als der Beamte nachhakte und fragte, warum ich das getan hätte, war ich überrumpelt. Da gab ich zu, dass du dich begeistert über Hitler geäussert hattest. Das hätte ich nicht sagen sollen, ich weiss Pius, denn der Beamte nickte mir zufrieden zu. Ich hatte einen Fehler gemacht, aber ich war auf das Geld angewiesen. Das Lächeln des Beamten war falsch. Was denn im dritten Brief gestanden habe, fragte mich der Polizist, der bislang nur auf der Schreibmaschine protokolliert hatte. Ich fühlte mich bedrängt. Pius, du hattest uns darin mitgeteilt, dass du an die Ostfront fahren würdest. Du hast uns gebeten, dir nicht böse zu sein deswegen. Nach dem Verhör ging ich wieder putzen.

Wir sollten dir nicht böse sein. Mehr hast du uns nicht geschrieben. Ich erinnere mich, wie ich deinen letzten Brief im Schüttstein angezündet habe. Zornig und traurig bin ich gewesen, überzeugt, dass ich dich nie mehr sehen würde. Von wegen wir sollten dir nicht böse sein. Eigentlich will ich mit dir gar nicht mehr reden. Mit deinen Geschichten habe ich abgeschlossen. Ein für allemal. Schau mich nicht mit diesen Augen an. Ich habe dich nicht gerufen, du bist von alleine zu mir in die Küche gekommen.

Ich brauche eine nächste Zigarette. Hier, nimm auch eine Parisienne!

9. Zigarette

Ein Jahr nach Kriegsende erhielt ich das erste Lebenszeichen von dir, Pius. Aus Salzburg. Wieder schicktest du einen kurzen Brief. Ich war erleichtert. Ich weinte und drückte den Brief fest an meine Brust. Pius lebte. Während Jahren hatten wir nichts mehr von dir gehört. Diese Ungewissheit war schwer zu ertragen gewesen.

Hast dich einfach auf Französisch verabschiedet und nichts mehr von dir hören lassen. Ob du dir überhaupt einmal überlegt hast, was das für uns bedeutet hat? Nicht zu wissen, ob du tot oder verschollen bist oder wo du begraben liegst.

Auf zwei Zeilen erfuhren wir, dass du eine Braut und ein fünfmonatiges Kind hast. Auf vier weiteren Zeilen hast du mir erklärt, ich solle den Bundesrat bitten, dir Reisepapiere zu geben, damit du in die Schweiz zurückkehren könntest. Ohne einen Pass würdest du in Salzburg steckenbleiben. Wie wenn ich mit den Herren in Bern persönlich bekannt wäre. Deinen grossen Fehler, so nanntest du den Kriegsdienst für Hitler, hast du mit einer verratenen Liebe gerechtfertigt, von der wir nichts wussten. Aus Verzweiflung seist du abgehauen, schriebst du im Brief. Ich weinte wie ein Schlosshund, dann war ich wütend, bis ich erneut weinte.

Fast ein Päckchen Zigaretten habe ich geraucht, bis ich begriffen habe, was du von mir wolltest. Dann habe ich getan, worum du mich gebeten hast.

10. Zigarette

Je mehr ich rauche und dir, Pius, in die Augen schaue, desto klarer wird mir, dass ich keine Wahl hatte. Du hast mich vor vollendete Tatsachen gestellt. Jawohl, vor vollendete Tatsachen, ein halbes Leben lang, wohl wissend, dass ich dir helfen würde. Hast du eine Ahnung, wie viele Briefe du mir geschrieben hast? Viel zu viele Briefe sind es gewesen, Pius. Deine Zumutungen nahmen kein Ende. Das müsste ich Lukas unter die Nase reiben. Damit die Welt erfährt, was ich auf mich genommen habe. Aber keine Angst. Ich halte den Mund. Lukas würde es missverstehen.

Es dauerte nicht lange, bis uns ein nächster Brief erreichte. Das bedeutete nichts Gutes. Erstmals schriebst du von einer Gefängnisstrafe. Von einer Verurteilung wussten wir nichts. Da du in Salzburg keine Zukunft sahst, wolltest du lieber in der Schweiz die Strafe absitzen. Du drängtest auf die Rückreise.

Möglichst viel von deiner Strafe sollte abgesessen sein, wenn Katrin in die Schweiz nachreiste. Leider hatten Katrin und Barbara von der Schweiz keine Reisepässe bekommen. Dabei hatte ich denen in Bern einen Brief geschrieben und sie darum gebeten. Ohne Erfolg. Die kümmerte es nicht, ob eine junge Familie auseinandergerissen wurde oder nicht. Katrin und Barbara seien österreichische Staatsbürgerinnen, liessen sie uns ausrichten. Für deren Reisedokumente war Wien zuständig.

Da du, Pius, dich entschieden hattest, alleine zurückzukehren, blieb Katrin mit dem Kind in Salzburg zurück. Das war ein Problem. Katrin arbeitete. Für sich selbst fand sie ein Auskommen. Aber wer schaute für Barbara, wenn sie weg war? Ihren Verwandten wollte Katrin die Tochter nicht anvertrauen. Deshalb fragtest du mich, ob ich nicht für die Kleine sorgen könnte. Katrin würde sie mir im Sommer am Grenzbahnhof Buchs übergeben. In der Schweiz sei sie sicher und hier würde es ihr an nichts fehlen. Du hast das Ganze als eine Art Ferien dargestellt.

Zusammen mit meiner Schwester Laura und unseren drei kleinen Kindern fuhren wir an einem Samstag mit dem Zug nach Buchs. Im Sommer 1947 muss das gewesen sein. Wir hatten mit Katrin abgemacht, dass wir auf der Schweizer Seite auf sie warten würden. An die Zugfahrt erinnere ich mich nicht mehr. Wahrscheinlich haben wir die Fahrt genossen. Endlich kamen wir aus der Stadt heraus und sahen etwas von der Schweiz. Du warst bereits einige Monate in der Kiste. Auf dein Anraten hin hatten wir für Katrin Reis, Zucker und Schokolade mitgebracht. Ich war froh, dass Laura mich begleitete. Auf meine ältere Schwester war immer Verlass.

Am Bahnhof Buchs brauchten wir nicht lange zu warten. Wir sassen im Schatten eines Baumes auf einer Holzbank. Die Kinder waren von der Reise müde und assen Brote, die Laura eingepackt hatte. Als ich die junge Frau mit dem Mädchen im Arm und dem kleinen Lederkoffer in der Hand sah, wusste ich sofort: Das ist Katrin. Vor der Begegnung hatte ich Angst. Wie würde Katrin mit der schmerzhaften Trennung umgehen? Was geschah, wenn ihr Kind beim Abschied weinte? Wie würde Barbara reagieren, wenn ihre Mutter sie verliess? Laura meinte, wir sollten so tun, als ob wir uns morgen wiedersehen würden. Zudem würden die Kinder Barbara ablenken. Laura hatte recht. An Tränen oder an eine dramatische Szene erinnere ich mich nicht. Katrin nahm die Tasche mit unseren Geschenken, ich Barbara, mein ältester Sohn den Lederkoffer und Laura die restlichen Kinder.

Barbara lebte sich rasch bei uns ein. Für meine zwei Buben war sie wie eine kleine Schwester. Von Katrin hörten wir nichts, bis aus Salzburg ein Brief eintraf. Darin erkundigte sie sich, wie es Barbara gehe. Gleichzeitig teilte sie uns mit, dass die Beschaffung der Reisepässe mehr Zeit in Anspruch nehme. Dreimal musste ich auf der Polizeikaserne vorsprechen, damit sie das Visum für Barbara verlängerten. Dreimal verlangte ich ein Visum für drei Monate. Da ich seit Jahren in der Polizeikaserne putzte, wurden meine Anträge schnell und unbürokratisch erledigt. Man hatte Verständnis für meine schwierige Situation.

Für mich war Barbara wie eine eigene Tochter. Ich habe sie nicht gerne zurückgegeben.

*

Ein letztes Mal versicherte sich Lukas, ob der Schwimmsack mit seinen Kleidern darin wasserdicht verschlossen war. Ricarda stand bereits mit beiden Beinen im Flusswasser. Da sie zögerte, war das Wasser doch kälter, als sie gedacht hatten. Erst jetzt fiel Lukas auf, dass ausser ihnen nur wenige Schwimmer auszumachen waren.

„Je länger du wartest, desto kälter die Aare."

„Ich gehe ins Wasser, wenn ich es will. Dränge mich ja nicht."

Kaum sprang Ricarda laut stöhnend ins Wasser, warf Lukas den Schwimmsack in einem grossen Bogen demonstrativ in den Fluss, netzte sich kurz an und hechtete in die Fluten. Im nächsten Augenblick verschlug es ihm beinahe den Atem. Die Aare war frisch, sehr frisch. Doch nach ein paar Zügen hatte sich sein Körper an die Temperatur gewöhnt. Wortlos liessen sich Ricarda und Lukas treiben. Voller Genuss tauchte Lukas ab. Wenn er unter Wasser über die Kieselsteine glitt, kam er sich wie ein schwereloser Vogel vor. Das Gleiten unter Wasser vermittelte ihm auch das Gefühl, er sei unheimlich schnell unterwegs. Erst wenn er wieder nach Luft schnappend an die Oberfläche stiess, bemerkte er, dass Ricarda noch immer gemütlich vor ihm herschwamm.

Vor zwei Stunden hatte Lukas das Personaldossier von Martin aufgeschlagen. Ausser einer Todesanzeige enthielt das braune Mäppchen nichts. Die Anzeige war im „Journal Officiel", dem französischen Kolonialblatt von Indochina, aufgegeben worden. Bei der Zeitungslektüre war der Schweizer Konsul in Saigon auf die Anzeige aufmerksam geworden, da sie einen

Schweizer Staatsbürger betraf. Und da er sie nun einmal entdeckt hatte, schnitt er sie aus und schickte sie nach Paris an die dortige Schweizer Gesandtschaft. Von Paris fand eine Abschrift der Todesanzeige Wochen später den Weg nach Bern. Fast achtzig Jahre später hielt Lukas sie in Händen. Viel gab sie nicht preis über Martins Leben.

Im Juni 1925 war Martin in die Fremdenlegion eingetreten. Als er Tage zuvor Grossmutter an sich gedrückt hatte, war die kleine Schwester elf Jahre alt gewesen. Wie in der Fremdenlegion üblich, verpflichtete sich Martin für fünf Jahre Dienst. Nach Ausbildungen in Frankreich und Nordafrika wurde er im April 1927 nach Marokko entsandt. Hier blieb er bis 1929, bis er seine fünf Jahre abgedient hatte. Worin sein Dienst bestand, darüber las Lukas in der Anzeige nichts. Was immer Martin getan hatte, er tat es zur Zufriedenheit der Legion. Als Anerkennung seines Einsatzes erhielt er nämlich die Auszeichnung „Légionnaire de 1ère classe". Auch Martin zog eine positive Bilanz aus seiner Dienstzeit, sonst hätte er sich kaum für zwei weiter Jahre in Nordafrika verpflichtet. Nach einem Jahr in Nordafrika meldete er sich als Freiwilliger nach Indochina. Gleichzeitig verlängerte er um ein weiteres Dienstjahr. Von Oran schiffte Martin nach Indochina ein. Vor sich hatte der mittlerweile neunundzwanzigjährige Schweizer zwei Jahre

Kriegsdienst in Nordvietnam. Als Mitglied der 13. Kompanie des 5. Regiments. Einquartiert wurde Martin in Vinh. Laut der Todesanzeige starb er am 18. April 1931 bei Operationen in Nord-Annan. Im Familienbüchlein stand fälschlicherweise, er sei in Tonkin gestorben. Nicht in der Ebene des fruchtbaren Deltas des Roten Flusses wurde Martin beerdigt, sondern im hügeligen Gebiet südlich davon.

„Hab ich dir schon erzählt, was ich im Archiv über Martin herausgefunden habe?"

„Was hast du denn entdeckt?" Ricarda hielt sich am Schwimmsack fest und schaute Lukas neugierig an.

„Nun, eigentlich nichts. Ausser einer Todesanzeige, aufgegeben in Indochina durch die Fremdenlegion. Sie listet einige Stationen von Martins Dienstlaufbahn auf. Mehr nicht. Immerhin weiss ich jetzt, dass die drei Fotografien vom Begräbnis nicht aus Tonkin, sondern aus Vinh stammen."

„Viel ist das nicht."

„Nein. Drei Fotografien, eine Todesanzeige und die Erinnerung der kleinen Schwester an eine Umarmung. Mehr Spuren habe ich nicht von Martin."

„Was machst du damit?"

„Ich weiss es nicht. Ich glaube nicht, dass ich weitere Akten finde. Das Archiv der Fremdenlegion ist nicht öffentlich zugänglich. Von denen bekommst du rein gar nichts."

„Steigen wir bei der Leiter aus?" Ohne auf eine Antwort zu warten, schwamm Ricarda mit kräftigen Zügen ans rechte Ufer, wo auf der Höhe eines Freibads mehrere Leitern einen bequemen Ausstieg aus dem Fluss erlaubten.

Lukas folgte ihr, wobei er ein letztes Mal untertauchte. Er dachte an Martin. Gänzlich tot war Martin nicht. In der Erinnerung lebten letzte Fragmente seines kurzen Lebens weiter. Er wollte Sorge tragen, dass die Spuren erhalten blieben. Menschen und Ereignisse vor dem Vergessen zu bewahren, darin sah er einen Sinn. Gerade für seine Familiengeschichte. Als Lukas vor der Leiter auftauchte, war er mit Grossmutter versöhnt. Sie hatte ihm vieles vorenthalten, ihm aber auch wichtige Dinge anvertraut.

11. Zigarette

Ich sag dir jetzt was, Pius. Als Mutter ernsthaft krank wurde und im Bett lag, habe ich ihr versprechen müssen, auf dich aufzupassen. Sie mochte dich. Über die Massen verwöhnt hat sie dich. Das ist nicht nur meine Meinung. Laura teilt sie und Maria sieht es nicht anders. Nach Max' Tod hattest du eindeutig einen Bonus. Darüber hat sich selbst Kandi aufgeregt, obwohl du dem die meiste Zeit egal warst. Am Bett musste ich es der Mutter versprechen. Hoch und heilig, und dabei hat sie mir ins Gesicht geschaut. Kapierst du es endlich, Pius? Nicht dir zuliebe habe ich alles auf mich genommen. Komm, rauchen hilft.

Ich war die Einzige in der Familie, die dich, Pius, im Sedelhof besucht hat. Zu gebrechlich war der Vater und zu froh meine Geschwister, dass sie den Umgang mit den Behörden mir überlassen konnten. Mit dem Papierkram taten sie sich schwer und mit der Polizei wollten sie nichts zu tun haben. Die kantonale Strafanstalt befand sich ausserhalb der Stadt Luzern. Ich fuhr jeweils mit dem Velo hin. Bärti hat mir seins geliehen.

Das erste Mal begegnete ich dir im Gefängnis, nachdem dein Prozess abgeschlossen war. Das müssen drei, vier Monate nach deiner Einreise in die Schweiz gewesen sein. Barbara lebte auf jeden Fall schon bei uns. Allerdings nahm ich sie nicht in die Strafanstalt mit. Der Sedelhof war kein Ort für Kinder.

Ich hatte mir vorgestellt, man würde dich in Handschellen in einen Raum führen und hinter einem Gitter aufstellen, links und rechts beaufsichtigt von Wärtern. Lach nur! Durch das Gitter hindurch hätten wir zwei, drei Sätze ausgetauscht, bis ich auf Aufforderung der grimmigen Wärter wieder hätte gehen müssen. Stattdessen sassen wir auf einer Bank in einem Garten, für den du verantwortlich warst. Erinnerst du dich? Nach über fünf Jahren schauten wir uns an einem hübschen Ort wieder in die Augen. Abgenommen hattest du, dafür warst du kräftiger geworden. Gleich zu Beginn hast du mir Zigaretten abgebettelt. Dann rauchten wir gemeinsam eine nach der anderen. Ob wir dabei redeten, weiss ich nicht mehr.

Dass Katrin in Salzburg feststeckte, beunruhigte dich nicht. Sie werde kommen, wiederholtest du. Wir müssten uns gedulden. Ob du wirklich glaubtest, was du sagtest? Aber so warst du. Du hattest gelernt, dich mit den Lebensumständen, die selten genug günstig für dich waren, zu arrangieren.

Einmal besuchte ich dich im Winter. Überall lag Schnee. Es war bitterkalt. Wie immer brachte ich dir Zigaretten, die ich mir vom Mund abgespart hatte. Das sagte ich dir auch, was dich aber nicht weiter kümmerte. Wir sassen in einem Zimmer mit einem kleinen Holzofen. Eine behagliche Wärme ging vom

Ofen aus. Eisblumen an den Fenstern. Für den Ofen hiessen sie dich Holz spalten. Dabei hattest du dich an der Hand verletzt. Sie war dick einbandagiert. Ich erinnere mich daran, weil du in diesen Tagen ein Gnadengesuch schreiben wolltest, was aber mit der einbandagierten Hand nicht ging. Schliesslich stellte der Direktor dir eine alte Schreibmaschine zur Verfügung. Mit einem Finger tipptest du Buchstabe für Buchstabe das Gesuch. Dein zweites oder drittes, so genau weiss ich das nicht mehr. Auf alle Fälle lohnte sich der Aufwand. Das Gesuch wurde gutgeheissen. Zum Glück, denn Katrin war mit einem befristeten Visum in die Schweiz gereist. Dank der frühzeitigen Entlassung reichte die Zeit gerade noch, dass du und Katrin heiraten konntet, bevor ihr Visum ablief. Ohne Bärtis Hilfe wäre die Angelegenheit nicht so glimpflich abgelaufen. Bärti engagierte einen Anwalt, der in Windeseile die notwendigen Papiere besorgte. In diesen Tagen hattest du Glück, Pius. Unverschämtes Glück. Bärti war auch bereit, dich nach der Haft in seinem Baugeschäft als Handlanger anzustellen. Mehr konnte ich für dich nicht machen.

Das musste Mutter einsehen.

*

Nach dem Besuch im Bundesarchiv brauchte Lukas einige Tage, bis er für sich die Fakten soweit geordnet hatte, dass er glaubte, sie zu überschauen. Danach griff er zur Literatur, denn er wollte wissen, wie er Pius' Geschichte einzuordnen hatte. Bald wurde ihm klar, dass sie dem entsprach, was die meisten Schweizer später zu Protokoll gaben.

Rund 800 bis 900 Schweizer traten während des Krieges der Waffen-SS bei. Die meisten von ihnen waren Arbeitslose oder Hilfsarbeiter. In Deutschland suchten sie Arbeit. Mit dem Nationalsozialismus hatten sie nichts am Hut. Gegenüber der Politik blieben sie gleichgültig, auch wenn sie von den deutschen Erfolgen beeindruckt waren. Manchmal drohten sie in ihren Briefen an ihre Angehörigen, die zu Hause sollten sich in Acht nehmen, sie kämpften jetzt auf der Siegerseite. Als sogenannte Schwarzgänger passierten sie die Schweizer Grenze meistens in der Nähe von Basel. Auf deutschem Boden wurden sie rasch von der Gestapo aufgegriffen und nach Stuttgart gebracht. Etwa 1 500 folgten diesem Weg, der sie je länger der Krieg dauerte, desto zuverlässiger zur Waffen-SS führte. Vor allem um die Mitte des Jahres 1943 startete die Waffen-SS eine aggressive Werbekampagne. Das Deutsche Reich benötigte Soldaten, weshalb die aufgegriffenen Schweizer zum Dienst gepresst wurden. Die Männer gingen durch eine harte Ausbildung voller Schikanen, bevor sie für gefährliche Einsätze an die Front geschickt wurden. Zwischen 150 und 200 von ihnen fielen im Krieg. Rund jeder fünfte Schweizer in der Waffen-SS. Wer in diesem Töten und Schinden eine Gelegenheit zur Flucht fand, haute ab, vor allem während der Ausbildungszeit. Zur Abschreckung wurden rund ein Dutzend Schweizer, die desertiert hatten, aber vor dem rettenden Grenzübertritt aufgegriffen worden waren, von den Deutschen hingerichtet. Die meisten der Aufgegriffenen wurden jedoch umgehend an die Front geworfen. Nach dem Krieg durften die Rückkehrer in die Schweiz bei der Militärjustiz mit Milde rechnen. Allerdings taten sie gut daran, sich still zu halten und nicht aufzufallen, denn die Öffentlichkeit war auf die Verräter schlecht zu sprechen.

Nach der Lektüre fühlte sich Lukas imstande, die Ergebnisse seiner Recherche mit anderen zu teilen. Fakten zu rekonstruieren, war eine Sache, sie in eine Geschichte einzubetten eine andere. Für sich selbst hatte Lukas eine Erzählung im Kopf. Nun war er neugierig, wie die Familie auf die Enthüllungen reagieren würde. Allerdings war er sich nicht sicher, wer was wusste oder vorgab, nicht zu wissen.

Als Erster meldete sich Lukas Vater per Telefon. An einem Freitagnachmittag. Wenn der Vater am Freitag anrief, wollte er mit Lukas Toto spielen. Woche für Woche tippten sie im Voraus auf die Fussballpartien der zwei höchsten Schweizer Ligen. Sieg, Niederlage oder Unentschieden. Wer richtig lag, erhielt einen Punkt. Wer das Schlussresultat erriet, bekam einen weiteren Punkt. Bei zehn Partien ergab das ein Maximum von zwanzig Punkten. Der Sieger gewann eine Flasche Wein. Die wurde ebenfalls im Voraus bestimmt. Seit der Vater an Demenz litt, wurde das Tippen zum Geduldsspiel. Für jede Fussballrunde hatte Lukas eine Tabelle vorbereitet, so dass der Vater die Resultate nur noch von Hand eintragen musste. Doch das Ausfüllen von Tabellen gelang ihm nur noch ansatzweise, so dass er bei jedem Tipp nachfragte, was er gerade gesagt habe und wer auf einen 3:1 Heimsieg setze. Lukas malte sich aus, wo überall in den Tabellen der Vater die Resultate fein säuberlich festhalten würde. Das nächste Mal, wenn er die Eltern besuchte, wollte er unbedingt einen Blick auf Vaters Tippblätter werfen. Auf alle Fälle kamen sie bei der Endabrechnung nach dem Wochenende zu jeweils völlig anderen Resultaten. Meistens hatte der Vater verloren, meinte aber gewonnen zu haben. Nach langwierigen Kontrollen gestand er jeweils seine Niederlage ein.

Auch an diesem Freitag tat sich der Vater schwer, vor allem deswegen, weil ihm bei jeder Mannschaft etwas in den Sinn kam. Er war in Fahrt und dozierte, soweit es seine Sprachstörung zuliess, munter drauflos. Der Trainer der Basler gefalle ihm, während er mit dem Präsidenten von Sion, dem Constantin, gar nichts anfangen könne. Ob Lukas wisse, was wir bei Sion getippt hätten. Mit seinem FC Luzern sei er zufrieden, der Stürmer, wie heisse schon wieder der Stürmer? Genau, Schneuwly, der sei sackstark, der schiesse in jedem Matsch ein Tor. Kaum waren Vaters Exkurse beendet, wusste er nicht mehr, wo in der Tabelle er welches Resultat eintragen sollte. Zu allem Unglück fiel ihm das Tippblatt zu Boden. Der Vater fluchte, bevor er sein Handy auf den Tisch legte. Durch das Telefon hörte Lukas, wie der Vater sich bückte, etwas aufhob und sich mit leiser Stimme zurückmeldete. Lukas hatte Mühe, ihn zu verstehen.

„Ich kann dich kaum hören", schrie nun auch der Vater ins Telefon.

„Hörst du mich, ich kann dich kaum hören."

Lukas brüllte seinerseits in den Hörer. Er schlug vor, der Vater solle aufhängen und ihn noch einmal anrufen.

„Wahrscheinlich ist die Leitung schlecht oder du hast aus Versehen irgendeine Taste auf dem Telefon gedrückt." Trotz der schwierigen Verständigung begriff der Vater, was er zu tun hatte.

„In Ordnung", meldete er aus grosser Entfernung. „Ich rufe wieder an."

Es dauerte fünf Minuten, bis der Vater erneut am Telefon war:

„Du glaubst nicht, was mir soeben passiert ist."

Lukas hörte seinen Vater verlegen lachen.

„Weisst du, warum ich dich nicht mehr gehört habe? Als ich das Blatt am Boden aufgelesen habe, habe ich aus Versehen nicht den Hörer ans Ohr gehalten, sondern eine Banane, die zufällig auf meinem Bürotisch lag. Deshalb habe ich dich plötzlich so schlecht verstanden. Erst als es an meinem Ohr kalt wurde, habe ich realisiert, dass ich eine Banane und nicht das Telefon ans Ohr drücke."

Wieder musste der Vater lachen.

„Das ist eine Geschichte."

Vaters Lachen war ansteckend. Lukas grinste ebenso vergnügt ob der vermeintlichen Peinlichkeit:

„Du, bevor du in die Banane beisst, vergewissere dich, ob du nicht das Telefon in der Hand hältst."

Zwanzig Minuten später hatten beide ihr Totoblatt ausgefüllt. Wenigstens Lukas' Tabelle war vollständig und korrekt. Bevor Lukas das Gespräch beendete, kündigte er an, er komme am Wochenende vorbei. Er habe Neuigkeiten. Den Vater freute es. Er mochte Besuche.

Sie sassen rund um den Küchentisch, als Lukas seinen Eltern die Erkenntnisse seiner Recherchen mitteilte. Dass Pius Mitglied der Waffen-SS gewesen war und drei Jahre als Soldat an allen Fronten gekämpft hatte, war ihnen völlig unbekannt. Der Vater nahm einen grossen Schluck Wein und schüttelte den Kopf. Aus den Akten ging weiter hervor, dass Pius mit zwölf Jahren in ein Heim überwiesen worden war. Sie hatten ihn auf dem Sonnenberg bei Kriens versorgt. Davon wussten Lukas Eltern ebenfalls nichts. Hingegen kannte der Vater die Erziehungsanstalt.

„Das ist kein schöner Ort, trotz des Namens", bemerkte er leise.

„Weisst du", meinte Lukas' Mutter, „Pius war ein Luftikus."

„Das stimmt", fügte der Vater bei, „Pius gab Geld aus, auch wenn er keines besass. Er war ein Lebemensch, er trank gerne, feierte viel."

„Als er starb, hinterliess er Schulden. Katrin musste arbeiten und sie über Jahre abzahlen", ergänzte die Mutter.

„Stimmt, noch vor seinem Tode hatte er für Katrin und sich ein neues Schlafzimmer gekauft", erinnerte sich der Vater. „Pius hat Katrin verwöhnt und ihr oft das Blaue vom Himmel versprochen."

„Was nützt dir das, wenn du nach dem Tode deines Mannes Schulden begleichen musst?", widersprach die Mutter. Schweigend nahmen sie einen Schluck Wein.

Bis auf die Tatsache, dass Katrin Pius im Wald versteckt hatte, wussten die Eltern nichts über Pius. Dass jemand während des Krieges untertauchen musste, hatte in der Familie aber nie Erstaunen ausgelöst. Als Lukas sich verabschiedete, meinte der Vater beeindruckt, dass Pius Fremdenlegionär gewesen sei, sei für ihn eine überraschende Neuigkeit. Im ersten Augenblick glaubte Lukas, der Vater mache einen Scherz. Soeben hatte er ihm eröffnet, dass Pius in der deutschen Waffen-SS gekämpft hatte. Nichtsdestotrotz wiederholte der Vater die alte Familienlegende, wonach Pius sich als Fremdenlegionär verdingt habe.

Vaters Ernsthaftigkeit passte allerdings nicht zu einem launischen Witz. Schlagartig begriff Lukas, dass der Vater aufgrund seiner Krankheit Fremdenlegion und Waffen-SS verwechselt hatte. Sein Kurzzeitgedächtnis funktionierte nicht richtig, so dass die alte, abgespeicherte Erzählung die neuen Erkenntnisse sogleich überblendete. Dabei blieben die Gefühle gegenüber beiden Erzählungen dieselben. Der Vater war betroffen. Freiwilliger Kriegsdienst war eine leidvolle Sache. Vaters Gefühle unterstützten die Überblendung, zumindest traten sie nicht in Opposition zum Gesagten. Vielleicht lag in diesem Mechanismus eine wichtige Kraft der Legende, ging es Lukas durch den Kopf. Solange wir auf diffuse Art gefühlsmässig bestätigt wurden, genügte irgendeine Erklärung, um uns zu beruhigen. Die Gefühle hielten den Verstand in Schach.

12. Zigarette

Ich bin dünnhäutig geworden – und unzufriedener. Ich ärgere mich über meine Söhne, über meine Schwiegertöchter, über meine Enkel, die auf einmal nichts mehr von mir wissen wollen. Mit Rosa streite ich mich auch. Ich glaube, schuld daran ist die Operation. Darmkrebs. Seither bin ich nicht mehr die Alte.

Dabei ist der Eingriff gut verlaufen, wie mir der Oberarzt versichert hat. Ein rechtes Stück Dünndarm haben sie mir rausgeschnitten, voller bösartiger Geschwüre. Dafür habe ich jetzt einen aufgeschlitzten Bauch. Die Narbe sieht scheusslich aus. Fünfzehn Zentimeter lang und beinahe fingerdick.

Scheusslich hört sich auch mein Husten an. In letzter Zeit stehe ich am Morgen nicht mehr auf, ohne zuerst fünf Minuten nach Luft zu schnappen und zu würgen. Oft speie ich einen grausigen Schleim aus. Besser wird es erst nach dem ersten, tiefen Zug, wenn ich warmen Rauch in meine Lungen pumpe. Erst dann entspannt sich mein Brustkorb. Vor der Operation hatte ich keine solchen Hustenanfälle.

Im Spital wollten die mir weismachen, dass ich schleunigst mit dem Rauchen aufhören solle, meine Lungen seien bald vollständig geteert. Die haben gemeint, die alte Frau sei ihnen für diesen idiotischen Ratschlag dankbar. Dem Oberarzt habe ich geantwortet, wenn er mir einen Gefallen machen wolle, solle er mir eine Stange Parisienne gelb ohne Filter kaufen. Das fand der gar nicht lustig. Hugo hat mir danach Vorwürfe gemacht, ich hätte mich im Spital unanständig benommen und sei dem Oberarzt frech vorbeigekommen. Ich habe meinem Sohn gesagt, davon verstehe er gar nichts, er solle mich mit Belehrungen verschonen. Gestern bin ich am Morgen beinahe erstickt. Der Husten wollte nicht mehr aufhören. Ich werde mich hüten, irgendjemand davon zu erzählen.

Meine Oberarme sind schwabbelig, meine Brüste schlaff, die Haut voller Altersflecken. Nur meine Hände sehen hübsch aus. Ich habe immer noch schöne, schmale Hände. Alles andere an mir ist verbraucht. Seit der Operation fühle ich mich nicht mehr wohl in meinem Körper. Warum lässt er mich im Stich? Ich bin keine achtzig Jahre alt und brauche ein Gebiss. Angeblich wegen dem Rauchen und schlechter Mundhygiene. Leckt mich am Arsch!

Von meinen Söhnen habe ich einen Fernsehstuhl bekommen und Kopfhörer, damit ich den Ton im Fernsehen wieder verstehe. Mit dem Gehör habe ich Probleme, seit ich als Kind einen Eisklotz aufs rechte Ohr geschleudert bekommen habe. Das Geschenk meiner Söhne ärgert mich: Warum brauche ich diese blöden Kopfhörer? Ich sehe aus wie ein Osterhase.

Viele Freuden gewährt mir mein Körper wahrlich nicht mehr. Die Schokolade am Abend, die Zigaretten den Tag hindurch. Meine letzten verbliebenen Genüsse.

*

Die Türe des Fahrstuhls öffnete sich. Barbara und Lukas traten in einen hell erleuchteten Flur eines mehrstöckigen Wohnhauses. Bis auf einen Rollator war nichts zu sehen. Barbara deutete mit der Hand auf das Gefährt und erklärte Lukas, der gehöre ihrer Mutter. Sie mache jeden Tag einen Spaziergang, ob es draussen stürme oder nicht. Ohne ihren Sportwagen wäre dies nicht mehr möglich. Zielstrebig schritt Barbara auf eine Wohnungstüre zu, klingelte kurz und trat ein.

„Sie weiss, dass wir kommen."

Katrin empfing ihre Tochter und Lukas unter der Küchentür. Wackelig stand sie vor der Kaffeemaschine. Soeben hatte sie frisches Wasser aufgefüllt. Mit einer Hand hielt sie sich am Schrank fest, während sie lächelnd ihre Gäste begrüsste.

„Setzt euch in die Wohnstube. Ich bringe gleich den Kaffee."

Selbst nach Jahrzehnten fernab ihrer Heimat war ihr singender Dialekt aus dem Salzburgerland nicht zu überhören. In der Wohnstube war der Tisch gedeckt, der Kuchen, eine Linzertorte, aufgetragen. Schon kurvte Barbara mit zwei Tassen Kaffee in den Händen um die Ecke in die Stube. Katrin folgte ihr. Sie schwankte bedrohlich, so dass Lukas instinktiv auf den Boden schaute, um festzustellen, ob dort nicht irgendeine Gefahr in Form eines Teppichabsatzes lauere. Mit kleinen Schritten schaffte es Katrin an den Tisch. „Das Gehen fällt mir schwer, weil ich in den Beinen Schmerzen habe. Aber ich gehe jeden Tag nach draussen", erklärte sie stolz.

Katrin war über 90 Jahre alt, lebte allein in ihrer Wohnung und traf sich jeden Tag am Nachmittag mit ihrer Nachbarin, die jünger war als sie. „Aber auch schon über fünfundachtzig." Katrin lachte. Fast zwei Stunden lang erzählte sie von früher, von Pius und Josy. Manchmal entfiel ihr ein Name oder sie brachte Jahreszahlen durcheinander. Aber was sie Lukas anvertraute, entsprach ziemlich genau dem, was er in den Akten erfahren hatte. Barbara hatte vor dem Gespräch Bedenken gehabt, weil sie nicht wusste, ob und wie lange ihre Mutter durchhalten würde. Doch Katrin redete, hörte zu, beantwortete Fragen. Am Schluss waren sie alle ziemlich müde, auch Katrin, aber sie machte auf Lukas einen zufriedenen Eindruck. Er glaubte, dass das Erzählen ihr gutgetan hatte.

Im Frühling 1944 war Katrin mit dem Fahrrad unterwegs zur Arbeit und fuhr von Adnet nach Hallein, als ein Soldat mit Pferd an einem Bahnübertritt, der geschlossen war, zu ihr aufschloss. Ein kleiner, dicker Mann, der sie gleich ansprach, was ihr unangenehm war. Sie auf dem Fahrrad, auf gleicher Höhe der Soldat auf dem Pferd. Deshalb erklärte sie ihm, dass sie das nicht wolle, worauf der Soldat vorschlug, er könne, wenn sie das wünsche, hinter ihr hergehen. Das tat er denn auch, ohne allerdings aufzuhören, mit ihr zu plaudern. Das war für sie nicht minder unangenehm, denn jetzt hatte sie den Soldaten im Rücken, sah nicht, was er tat, hörte nur seine Fragen. Auf diese Weise gelangten sie nach Hallein.

Eine Szene wie aus einem Film. Genauso erzählte Katrin die Anekdote. Lächelnd, fast wie eine 19-jährige junge Frau, die sie damals gewesen war, schilderte sie die schicksalshafte Begegnung, von der sie damals nicht ahnte, dass sie ihr Leben verändern sollte. Der Mann ihres Lebens erschien ihr aus dem Nichts, auf einem Pferd sitzend. Allerdings erwies sich der Filmheld als kleiner, dicker SS-Mann.

Pius war in Hallein stationiert. Und er blieb hartnäckig. Bei einer ihrer Freundinnen erkundigte er sich, wo Katrin arbeitete. Dort holte er sie eines Abends ab. Katrin wusste nicht so recht, was sie mit diesem Soldaten sollte, der sie wann immer möglich am Abend von Hallein nach Adnet begleitete, höflich und anständig. Sie mochte die Gespräche auf dem Nachhauseweg, genoss sein zurückhaltendes Werben. An einem Samstag hackte Pius dem Vater ihres im Krieg gefallenen Verlobten Holz, weil die körperliche Arbeit dem alten Mann immer schwerer fiel. Also fragte Katrin die Schwester ihres verstorbenen Verlobten, was sie tun solle. Die Schwester hatte nichts gegen die neue Beziehung einzuwenden. Katrins Verlobung hatte dem lebenden Bruder, nicht dem verstorbenen gegolten. Doch eines Tages war Pius fort, holte Katrin am Abend nicht mehr von der Arbeit ab. Sie hatten ihn an die nächste Front verlegt.

Den ganzen Herbst und Winter über hörte Katrin nichts mehr von Pius. So wie er aufgetaucht war, so entschwand er aus ihrem Leben. Von einem Augenblick zum anderen. Bis eines Nachts jemand Steinchen ans Fenster ihrer Kammer warf. Hartnäckig. Irgendwann schlüpfte Katrin aus dem Bett. Vorsichtig schielte sie durchs Fenster: Unten stand Pius. Er war abgehauen, desertiert. Im Haus verstecken, wie er es ihr vorschlug, ging nicht, denn Katrin fürchtete sich vor dem Nachbarn, der sie, käme er ihnen auf die Schliche, sofort verraten würde. In der Not zeigte sie Pius mitten in der Nacht im Wald ein Versteck. Eine kleine Höhle. Von da an schlich sich Katrin einmal am Tag dorthin, brachte Pius Essen und Kleider. Als die Franzosen auftauchten, wagte sich Pius noch nicht hervor. Doch kaum waren die Amerikaner in Salzburg einmarschiert, stellte er sich. Für drei Monate verschwand er im Gefängnis, danach arbeitete er für den amerikanischen Nachrichtendienst.

Nicht ohne Stolz registrierte Katrin Lukas' fragende Miene.

„Pius arbeitete für den amerikanischen Nachrichtendienst? Wie kam er denn dazu und was genau tat er?" Darauf wusste Katrin keine Antwort, aber auch sie sei befragt worden im Büro. Mit der nachgeschobenen Erklärung wusste Lukas nichts anzufangen. Aus den Akten im Bundesarchiv ging hervor, dass Pius bei der Entnazifizierung, sprich in seinem Fall bei der Enttarnung von SS-Offizieren, eingesetzt worden war. So stand es im Lebenslauf, den Pius verfasst hatte. Aber stimmte das auch? Oder erwähnte Pius die Begebenheit, um auf Milde hoffen zu dürfen? Wie musste sich Lukas Pius' Arbeit „im Büro", wie es Katrin umschrieb, vorstellen?

Dank der Amerikaner ging es Katrin und Pius den Umständen entsprechend gut, so gut, dass Katrin 1946 ein Mädchen gebar, mitten in unsicheren Zeiten. Bald schon verkomplizierten sich ihre Lebensumstände. Die Amerikaner hegten die Absicht, Pius nach Deutschland zu versetzen. Dort hätte er wieder ein Büro beziehen sollen, diesmal ohne Frau und Kind.

Das kam für Pius nicht in Frage. Was tun? Hallein bot ihnen keine Arbeit, keine Perspektive, keine Zukunft.

Und Katrins Familie? Ein Leben auf dem väterlichen Hof war für Katrin unvorstellbar. Mit neun Jahren hatte sie ihre Mutter verloren. Der Vater heiratete von Neuem, aber die Stiefmutter schlug Katrin, weshalb sie mit vierzehn Jahren zu ihrer Schwester ins Nachbardorf zog. Nein, die Familie bot ihr keinen Halt.

So blieb nur die Rückkehr in die Schweiz. Plagte Pius das Heimweh, wie Josy im Brief an die „geehrten Herren" behauptet hatte? Oder war Luzern schlicht die letzte Karte, die er in der Hand hielt? Er spielte sie aus. Mit einem Brief wandte sich Pius an seine Schwester, denn er benötigte dringend Reisepapiere. Ohne Pässe sassen sie in Hallein fest. Die Antwort aus der Schweiz war entmutigend. Reisedokumente stellten die Schweizer Behörden nur für Pius aus, für Katrin und Barbara war Wien zuständig. Die Rückkehr war zudem nur um den Preis einer langen Gefängnisstrafe zu haben. Immerhin erklärte sich Josy bereit, Barbara bei sich aufzunehmen, bis Katrin im Besitz eines Passes war. Obwohl die Kleinfamilie auf unbestimmte Zeit auseinandergerissen wurde, versprach dieser Weg einen Neuanfang.

Im Frühjahr 1947, kaum im Besitz des Passes, kehrte Pius in die Schweiz zurück. Einige Monate später folgte Barbara. Sie trug auf ihrer Reise in die neue Heimat wie ihre Mutter ein Dirndl. Am Kleid sollten die unbekannten Verwandten aus Luzern Katrin und ihr Kind am Grenzbahnhof erkennen.

„Ein Dirndl?" Katrin lachte verlegen, als sie Lukas' Verwunderung bemerkte.

„Es war Sommer", rechtfertigte sie sich.

Sie wollte wohl sagen, dass sie und ihr Kind anständig angezogen waren. Wie es sich damals gehörte, wenn man sich im Salzburgerland für einen besonderen Anlass herrichtete. Dirndl hatte nichts mit Alpenkitsch und Landleben-Folklore zu tun. Da hatte sich Lukas in den Zeiten vertan.

„Warum habt ihr Barbara Josy anvertraut?"

Obschon sich Lukas immer wieder die chaotischen Lebensumstände in Hallein unter amerikanischer Besatzung vor Augen führte, hatte er Mühe zu verstehen. Wie konnte Katrin ihr Kind weggeben? Auf den anklagenden Unterton ging Katrin nicht ein.

„Wir schickten Barbara in die Ferien." Barbara, die sich bis anhin kaum am Gespräch beteiligt hatte, nickte. Damit war für die beiden Frauen alles gesagt.

Neun Monate wartete Katrin auf ihre Reisedokumente aus Wien. Von allen vier Besatzungsmächten benötigte sie irgendeine Bescheinigung. Das dauerte und dauerte, viel länger, als sie gedacht hatte. In der Zwischenzeit war sie als Kinderpflegerin tätig.

„Davor arbeitete ich bei den Eugen-Grill-Werken, doch ich ging nicht gerne in den Stollen. Es waren schwierige Zeiten, aber ich hatte Glück. Ich entwickelte ein Gespür für die Gefahr. Einmal verliess ich mit einer Freundin den Stollen, um draussen an einem Bach zu Mittag zu essen. Das war eigentlich verboten, aber ich wollte unbedingt raus. Nach dem Mittagessen sind wir nicht in die Fabrik zurückgekehrt. Wir blieben am Bach sitzen. Ich spürte, dass etwas nicht stimmte. Plötzlich heulte der Fliegeralarm auf. Mehrere Bomben schlugen beim Stollen ein, es knallte fürchterlich. Als wir am Abend aufbrachen, fuhren wir an einem Hof vorbei, der ganz in der Nähe des Stolleneingangs war. Er lag in Schutt und Asche. Wären wir vom Bach aufgebrochen, hätte die Bombe uns wohl getroffen.

„Es waren schwierige Zeiten."

Mehrfach wiederholte Katrin diese Worte. Der Tonfall ihrer Stimme war dunkel.

Entgegen ihrer Ankündigung kam Katrin einen Tag später mit dem Zug in Luzern an. Ein knappes

Jahr nach ihrer Tochter, knapp eineinhalb Jahre nach ihrem Verlobten erreichte auch sie die Schweiz, von der sie bis anhin nur den Grenzbahnhof in Buchs gesehen hatte. Niemand war da, um sie abzuholen. Ein Junge, den sie nach dem Weg fragte, begleitete sie schliesslich in die Neustadt.

„Zum Dank konnte ich ihm nichts geben. Ich besass nichts", entschuldigte sich Katrin. Dann hörte Lukas die „Negerin"-Episode, die je nach seinem Gegenüber Lukas' Vater oder dessen Bruder zugeschrieben wurde. In der Version von Katrin war es Fritz, der sie als fremde, exotische Erscheinung wahrnahm.

„Josy rief nach Barbara. Als sie mich sah, wollte sie nichts von mir wissen. Am Schluss weinten wir alle."

„Wie hätte ich denn wissen sollen, wer du bist?", verteidigte sich Barbara.

„Dann ward ihr endlich wieder vereint."

Lukas' Bemerkung diente mehr der Bestätigung der Sachverhalte, als dass sie das Gespräch hätte weitertreiben sollen.

„Nein", korrigierte ihn Katrin. „Vorerst wohnte ich bei Josy, während Pius bei seinem alten Vater unterkam. Ich fand Arbeit in der Viscosi, Pius im Bauunternehmen Ligert. Später wechselte er in die Viscosi, bevor er Vertreter für Zeitschriften wurde. Unter der Woche schaute Josy für Barbara, nur am Wochenende durfte ich sie haben."

„War Josy eifersüchtig?"

„Ja, den Kinderwagen wollte immer sie schieben."

Erst drei Jahre später, kurz bevor Barbara in den Kindergarten eintrat, bezog die Familie erstmals eine eigene Wohnung. Katrin fand schnell Freundinnen, auch wenn man sie in der Viscosi ihrer schwarzen Haare und der braunen Haut wegen für eine Italienerin hielt. Katrin war angekommen.

„Tja ...", meinte Lukas, „ich weiss nicht, wollen wir hier Schluss machen oder fällt dir noch etwas ein?"

„Doch, doch, ich muss dir von Bärti erzählen. Das ist wichtig, weil du über Josys Leben Auskunft haben willst."

Stimmt, dachte Lukas. Beinahe hätte er das vergessen, so sehr war er auf die Geschichte von Pius fixiert gewesen. Dabei hatte Barbara auf dem Weg zu Katrin angetönt, ihre Mutter wolle mit ihm unbedingt über die beiden sprechen. Über Josy und Bärti. Lukas griff nach der Kaffeetasse. Er brauchte eine Stärkung, auch wenn der Kaffee längst kalt war. Immerhin sassen sie über eine Stunde in der Stube. Doch Katrin gönnte ihm keine Pause. Etwas musste aus ihr raus, und zwar jetzt.

Katrin plagte das schlechte Gewissen. Zum einen, weil sie um die Beziehung zwischen Bärti und Josy gewusst hatte. Zum anderen, weil sie von deren Liebesverhältnis profitierte. Denn Bärti und Josy nahmen Katrin und Pius mit auf ihre Reisen. In Bärtis Auto lernte Katrin die Schweiz kennen. Sie fuhren über Alpenpässe, den Seen entlang, tief in den Jura hinein. Als Gegenleistung verlangte Josy von ihr, dass sie den Mund hielt. Katrin war gegenüber dem lange ahnungslosen Ehemann zur Lüge gezwungen.

„Ich habe nichts gesagt. Aber für die Buben war es schlimm."

Katrin sprach eindringlich. „Einmal, es muss 1952 oder 1953 gewesen sein, verliess Josy gar die Familie. Ein Drama. Josy sah bald ein, dass sie die Kinder nicht alleine lassen konnte. Also kehrte sie zurück."

„Und Beno, warum hat er das zugelassen?"

Katrin antwortete ihm mit einem langen Seufzer. Lukas nickte. Grossvater war kein Kämpfer, ging es ihm durch den Kopf, Grossvater glänzte auf den Brettern, die die Welt bedeuteten. Auf dem Boden der Realität war er jedoch ein Versager. Er verdiente ein wenig Geld als Elektriker, angestellt beim Bruder.

„Die Sidlers waren Gstopfti. Sie besassen Geschäfte. Beno war das schwarze Schaf in der Familie. Für jeden grösseren Betrag musste er bei seinen Brüdern anklopfen. Josy wollte nur etwas Geld. Sie war an den Autofahrten interessiert. Sonst wäre sie bei Beno geblieben. Es tut mir leid, was man euch angetan hat."

Eigentlich galt ihre Entschuldigung Lukas' Vater. Doch hier in der Stube verschmolzen die Sidler-Genrationen. Lukas war der Junge, der sein Mutter suchte, weil sie von zu Hause weggelaufen war. Katrin lehnte sich zurück. Sie schien erleichtert. Sie hatte eine alte Schuld abgetragen. Zum ersten Mal wirkte sie müde. Das fiel auch Barbara auf. Es war Zeit aufzubrechen.

Im Zug reisten nur wenige Passagiere, was Lukas entgegenkam. In aller Ruhe ergänzte er auf der Rückreise nach Bern seine Notizen, denn während des Gesprächs hatte es nur für hastig hingeworfene Stichworte gereicht. Katrin und Pius. Da hatten sich zwei Wesensverwandte getroffen. Zwei Halbwaisen, beide mit einer schweren Jugend. Irgendwo auf einer Landstrasse kam es zu einer schicksalshaften Begegnung. Katrin und Pius. Ihnen wurde wahrlich nichts geschenkt, und dann, mitten im Krieg, liefen sie sich per Zufall über den Weg. So wie ein Taucher im Meer inmitten von Steinen und Sand unverhofft eine Glasperle findet. Plötzlich glitzert es am Meeresgrund blaugrün, und Pius griff nach dem kostbaren Schatz. Ein zweites Mal, das ahnte er wohl, würde es nicht geben.

Dass Pius Katrin in der Uniform der Waffen-SS angesprochen hatte, gehörte nicht zur filmreifen Szene. Die Buchstaben SS sprach Katrin erst aus, als Lukas nachhakte und wissen wollte, warum Pius in Deutschland Dienst geleistet hatte. Barbara nickte. Sie war durchaus im Bild. Was die Doppelbuchstaben betraf, bestand in der Familie ein Tabu. Katrin war die Erste, die sich Lukas gegenüber über das Aussprechverbot hinwegsetzte. Jetzt im Zug hätte Lukas gerne von Katrin gewusst, ob Pius Opfer der Entnazifizierungskampagne in der Schweiz gewesen war. Mit den ehemaligen Angehörigen der Waffen-SS gingen die Behörden nach dem Krieg schroff um, aber auch die Medien rechneten mit ihnen ab. Ihr Verrat am Land war einfach zu belegen, während sich die wirtschaftlichen und finanziellen Verstrickungen zwischen der Schweiz und dem Dritten Reich von Anfang an simplen Gegenüberstellungen von Anpassung und Widerstand entzogen und kaum thematisiert wurden.

Am nächsten Morgen vervollständigte Lukas seine Gesprächsnotizen mit Recherchen im Internet. Er staunte nicht schlecht, als er nach den Eugen-Grill-Werken googelte. Katrins Arbeitsort, dem sie einmal aus einer Vorahnung heraus ferngeblieben war, entpuppte sich als einer der grossen Rüstungsbetriebe im Dritten Reich. Aufgrund der Bombardierungen wurden diese gegen Ende des Krieges unter Boden verlegt. Im Mai 1944 begannen die Bauarbeiten für ein unterirdisches Stollensystem, bei denen Zwangsarbeiter und KZ-Häftlinge eingesetzt wurden. Ende Februar 1945 setzte die Produktion von Steuergeräten für BMW-Flugzeugmotoren und Anlassmotoren für Düsentriebwerke ein. Katrin verbrachte also nur einige Monate im unterirdischen Werk. Ihre Formulierung, dass sie „in den Stollen" gegangen sei, erhielt eine völlig neue Bedeutung. Lukas hatte zuerst geglaubt, sie umschreibe damit den Umstand, dass sie arbeitete. Keinesfalls dachte er daran, dass sie dies im wortwörtlichen Sinn gemeint hatte. Im Stollen hatte sie ohne Zweifel auch die Zwangsarbeiter und Häftlinge gesehen. Waren es die Erinnerungen an diese Bilder, die sich in Katrins Aussage, es seien schwierige Zeiten gewesen, verdichteten und ihre Stimme hatten dunkel werden lassen? Ein im Krieg gefallener Verlobter, Rationierungen, Bombardierungen, KZ-Häftlinge, Verhöre in einem Büro der Amerikaner, Angst und Schrecken. Schwierige Zeiten eben.

Hätte er Katrin neben sich gehabt, Lukas hätte sie mit Fragen überhäuft. Das passierte ihm ständig bei der Nachbearbeitung von Gesprächen. Warum tauchten seine Fragen erst jetzt auf? Wieso nicht während des Gesprächs? Weil du nicht weisst, was sie dir antworten, ging es Lukas durch den Kopf. Weil du ein Gespräch führst und keinen Fragenkatalog runterratterst. Weil dein Gegenüber dir eine Geschichte erzählt, seine Geschichte. Ob Josy oder Katrin, sie nehmen dich an der Hand und geleiten dich dorthin, wo sie es wollen. Gespräche transportieren Fakten, die in Geschichten eingebunden sind, und zwar derart dicht verwoben, dass Fakten zu Erzählelementen werden. Das Auseinanderbeineln braucht Zeit.

Lukas schüttelte den Kopf. Er hätte weitere Argumente zu seiner Verteidigung anführen können. Sie leuchteten durchaus ein, aber sie befriedigten ihn nicht. Zudem konnte er Katrin jederzeit ein zweites Mal aufsuchen. Warum also sein Ärger? In einem Roman des Niederländers van Dies hatte Lukas gelesen, man müsse gegenüber seinem Stoff „ehrlich sein", man müsse alle Gefühle zulassen. Van Dies hatte recht. Um Konflikte machte Lukas lieber einen weiten Bogen. Der Respekt, den er seinem Gegenüber zollte, war auch der eigenen Angst vor unerfreulichen Reaktionen geschuldet. Lieber vorsichtig sein, lieber sich leise herantasten. Keine hilfreiche Charaktereigenschaft für einen, der aufgebrochen war, der Familiengeschichte nachzuspüren.

Seinem Sinnieren über die ergiebige Gesprächsführung setzte Lukas ein Ende, indem er trotzig eine letzte Notiz zum Gespräch festhielt. Alle ihre Freundinnen hätten geraucht, jederzeit und überall, hatte Katrin ihm beiläufig erzählt. Zigaretten seien nicht teuer gewesen. Josy habe Parisienne geraucht, Pius Memphis.

13. Zigarette

Heute habe ich von Bärti geträumt. Ich bin mit ihm durch die Luft geflogen. Was man nicht alles für Blödsinn träumt. Ein wilder Flug war es. Die Haare flatterten in der Luft, vor Lust und Schrecken habe ich geschrien. Ob dem Schrei bin ich erwacht. Beim Aufstehen war mir richtig sturm, so dass ich mich an der Wand abstützen musste.

Früher oder später würde sich Bärti melden. Ich habe es geahnt, nein, ich habe es gewusst. Vor Bärti fürchte ich mich. Ihn will ich nicht am Küchentisch haben. Nicht Bärti. Ich fühle mich wie vor den Richter gezerrt. Angeklagt von der eigenen Geschichte. Hörst du, Bärti, hau ab! Du bringst meine Gefühle durcheinander.

Kennengelernt habe ich Bärti im Mai 1945. Kurz nach Kriegsende, kurz nach meinem 25. Geburtstag. Er sass allein an einem Gartentisch und trank ein Glas Wein. Vor der Gartenbeiz hatte er sein Motorrad abgestellt. Ich hatte den Töff lange bestaunt, so lange, dass er mich ansprach und lachend fragte, ob ich ausfahren möchte. Ich wollte. Bärti stand auf, bezahlte und fuhr los. Das hat mir imponiert. So hat es angefangen. Ohne irgendeine Absicht.

Bärti war grosszügig. Als Bauunternehmer hatte er Geld. Neben dem Töff besass er ein Auto. Das war damals keine Selbstverständlichkeit. Stundenlang ist er mit mir durch die Schweiz gefahren. Er kannte schöne Orte. Wirtsstuben, in denen wir einkehrten. Zimmer, in denen wir uns ins Bett legten. Ich wurde seine Geliebte. Ich bedauere das nicht. Es waren gute Jahre. Bärti machte mir Geschenke. Schuhe, Kleider. Wenn ich etwas wollte, bekam ich es.

Zu Hause zog ich zwei Buben auf. Ich war müde. Den Krieg hindurch verdiente Beno wenig, weshalb ich in der Polizeikaserne putzen ging. Jeden Morgen und jeden Abend zwei Stunden, ausser am Sonntag. Mit meinem Lohn kamen wir knapp über die Runden, auch, weil wir jede zweite Woche Seifen einpackten.

Ohne das bisschen Geld durch die Heimarbeit hätten wir gegen Monatsende gehungert. Übrig blieb nie etwas. Nichts. Rein gar nichts.

Dabei hätten die Sidlers Geld gehabt. Wie oft sagte ich Beno, er solle bei einem seiner Brüder einsteigen. Einer hatte eine Eisenhandlung in der Stadt, ein anderer führte einen Kleiderladen, ein dritter ein Elektrikergeschäft. Er hätte mehr verdient. Stattdessen arbeitete Beno als Hilfselektriker. Seine Zeit verbrachte er lieber in den Beizen, als bei seinen Verwandten vorstellig zu werden. Beruflich vorwärtskommen, Geld besitzen: Das war mit Beno nicht möglich. Ich hatte genug.

Bärti hat Pius geholfen, als der nach dem Sedelhof Arbeit suchte. Das wäre keinem Sidler in den Sinn gekommen. Die hielten sich für etwas Besseres, für die war Beno ein Versager, den sie aus der Sippe ausschlossen mitsamt seiner Brut. Das haben sie mir deutlich zu verstehen gegeben.

Nein, ich bereue nichts. Wegen Bärti muss ich mir kein Gewissen machen.

14. Zigarette

Der Traum plagt mich. Wieso taucht Bärti in meinen Träumen auf? Was soll der wilde Flug? Zuerst setzt sich Beno an den Küchentisch, nun erscheint mir Bärti im Schlaf. In meiner Küche herrscht ein Durcheinander. Ich muss aufräumen.

Es war im Sommer, als Beno nach Hause stürmte. Er riss die Wohnungstüre auf und schrie meinen Namen. Im ersten Moment glaubte ich, er würde mich verprügeln, so aufgebracht war er. Wie eine Raubkatze im Käfig tigerte er in der Küche auf und ab. Warum ich ihm das antue, wieso er der Letzte sei, der davon erfahre, was mir einfalle, ihn derart der Lächerlichkeit preiszugeben, ob ich nie an die Buben gedacht habe, was der Mörtelmischer mehr habe als er ausser dem verdammten Geld. Zuerst brüllte er, bald heulte er wie ein kleines Kind, immer auf und ab gehend. Er überschüttete mich mit Vorwürfen. Als er schluchzend auf das Leiden der Buben zu sprechen kam, platzte mir der Kragen. Ob er an die Buben denke, wenn er in den Beizen seine Nummern zum Besten gebe, ob er an die Buben denke, wenn er am Monatsende kein Geld mehr in den Hosentaschen habe? Beschimpft habe ich ihn, ihm gesagt, dass ich nicht mit einem Mann zusammenleben wolle, der seine Familie nicht ernähren könne, dass ich nicht mein ganzes Leben in der Neustadt verbringe. Dann packte ich meine Sachen und verliess die Wohnung.

Zwei, drei Wochen lebte ich bei Bärti, aber ich sah bald ein, dass es so nicht weiterging. Einmal schickte Beno die Buben. Sie sollten mich nach Hause holen. Ein andermal veranstaltete er vor dem Haus einen solchen Radau, dass die Polizei kommen musste. Also kehrte ich zurück und erklärte Beno, dass ich das nur unter der Bedingung tue, dass er mich und Bärti in Ruhe lasse. Wir sassen uns am Küchentisch gegenüber. Wortlos reichte mir Beno eine Zigarette, gab mir Feuer und zündete sich selbst eine Zigarette an.

Knapp zwanzig Jahre lang lebte ich mit Beno und hatte gleichzeitig die Beziehung mit Bärti. Wir arrangierten uns. Alle drei, nicht nur ich! Was die Verwandten und Nachbarn dachten, interessierte mich nicht. Mit den Jahren kamen Beno und ich uns wieder näher, vor allem, nachdem wir aus der Neustadt weggezogen waren an die Sagenmattstrasse. Wir schliefen wieder miteinander. Über Jahre hatte ich meine zwei Männer. Beno zu Hause, Bärti auswärts.

Dass Bärti mich mit einer Serviertochter betrügen würde, hätte ich nie für möglich gehalten. Dieser Affront verletzte mich tief. Ich stellte Bärti in seiner Wohnung. Wir sassen auf dem Sofa. Er trank, ich rauchte. Auf die Frage, ob er mich betrüge, antwortete er seelenruhig, ja, er habe eine neue Freundin gefunden, ich solle meine Sachen packen und gehen. Ohne mit der Wimper zu zucken, schmiss er mich raus. Von einem Tag auf den anderen. Warum er mir das antue, wollte ich wissen. Bärti stellte sein Weinglas auf den Tisch und schaute mir in die Augen. Er sei zu mir immer anständig und grosszügig gewesen, ich hätte keinen Grund, mich zu beklagen. Aber das alte Arrangement sei nun zu Ende. Arrangement. Ja, er nannte es das „alte Arrangement". Ich habe ihm keine Szene gemacht, diese Schmach ersparte ich mir. Ich bin vom Sofa aufgestanden, habe meine Kleider und Schuhe in einen Plastiksack gesteckt und zwei Stangen Zigaretten aus dem Stubenbuffet mitgenommen. Die war er mir schuldig.

*

Nach knapp zehn Minuten war der Vater so weit. So lange brauchte er, um in die Schuhe zu schlüpfen und die Schuhbänder zu knoten. Die Alltagshandlung beanspruchte immer mehr Zeit, vor allem das Binden der Bänder. Die Knoten gelangen nie auf Anhieb, oft entstand ein wirrer Knäuel, selten waren beide Schuhe auf dieselbe Weise gebunden. Es störte den Vater nicht, da er die Unzulänglichkeit nicht bemerkte. Hilfeleistungen wehrte er barsch ab. Deren Notwendigkeit sah er nicht ein, sie gingen ihm auf die Nerven. Er empfand sie als Bevormundung. Also schickte die Familie den Vater voran, wenn sie das Haus verlassen wollte. Murrend hatte sich dieser in die neue Familiensitte gefügt. Doch nun stand er da, Schirmmütze auf dem Kopf. Er war bereit für den Spaziergang.

Leicht nach vorne gebückt marschierte der Vater los. Seit der Krebsbehandlung vor bald zehn Jahren, bei der man ihm mit dem Tumor gleich den gesamten Magen herausgeschnitten hatte, brachte er höchstens etwas über sechzig Kilogramm auf die Waage. Ein schmaler Wurf sei aus ihm geworden, beklagte er sich gerne. Es stimmte. Der Vater war ein altes Männchen, oder wie Lukas' Mutter es formulierte: eine magere Ziege. Beim Gehen allerdings kamen ihm die verlorenen Kilos zugute. Die magere Ziege war leichtfüssig unterwegs. Auch diesmal schlug der Vater ein sportliches Tempo an, obwohl der Weg bergaufwärts führte, hinauf in die Reben. Lukas schritt, um mit dem Vater auf gleicher Höhe zu sein, tüchtig aus.

Auch in Lukas' Kindheit hatte es die langweiligen Spaziergänge am Sonntagnachmittag gegeben. Dabei handelte es sich um eine Art Bewegungstherapie, angeblich für die Kinder, vorzugsweise in der Umgebung des Wohnsitzes, so dass zur Langeweile bald einmal die beissende Gewissheit über die Dauer und die Beschaffenheit der Wege hinzukam. Höhepunkt und vermeintlicher Trost für die ganze Übung war jeweils ein Rivella – manchmal kam ein Sack mit Paprika-Pommes-Chips von Zweifel dazu. Dass Lukas mittlerweile dasselbe Ritual mit seinen eigenen Kindern praktizierte, daran wollte er lieber nicht denken. Trotz der unvermeidlichen Sonntagsmärsche war der Vater nie ein Spaziergänger gewesen. Von Wanderungen hielt er wenig. Erst im Alter setzte ein neuer Bewegungsdrang ein. Tagtäglich drehte er im Dorf seine Runden. Manchmal in Begleitung seiner Frau, oft alleine, was angesichts seiner fortschreitenden Demenz früher oder später zum Problem würde. Doch noch fand er stets nach Hause.

Der trainierte Müssiggänger zeigte keine Ermüdungserscheinungen. Lukas hätte gegen eine etwas gemächlichere Gangart nichts einzuwenden gehabt, aber der Vater hetzte das Weinsträsschen entlang. Von hier oben hatte man einen wunderbaren Ausblick auf den alten Dorfkern und über die Villen hinweg, die protzig ihre überdimensionierten sonnenverwöhnten Terrassen zur Schau stellten. Wurde eine der mittlerweile raren Parzellen, auf der ein Häuschen aus den

Dreissigerjahren des letzten Jahrhunderts stand, verkauft, wich das Familienhaus umgehend einem Klotz aus Beton und Glas, meist für kinderlose Paare. Von den alten Häuschen stand kaum eines mehr, nur die Trotten mit ihren dicken Steinmauern, in denen zum Teil noch heute Wein gekeltert wurde, erinnerten an längst vergangene Tage.

„Katrin hat mir von Bärti erzählt", brach Lukas das Schweigen in der Hoffnung, der Vater würde ihm einen Einblick in diese für ihn leidvolle Episode gewähren. Und vielleicht würde der Vater auch seinen Gang verlangsamen, wenn er ins Reden geriet.

„Vom Baumeister? Über den Mörtelmischer kann ich dir nichts sagen."

Vaters Reaktion überraschte Lukas nicht. Er wusste, dass er an einem Tabu rührte, über das der Vater nicht reden wollte. Das war schon zu Lebzeiten von Grossmutter so gewesen. Richtig ungehalten konnte er werden, wenn er darauf angesprochen wurde. Mörtelmischer. Seine gesamte Verachtung entlud sich in diesem einen Wort, das er stetig wiederholte. Da konnte sich Vaters Hirn verändern, wie es wollte, in dieser Beziehung blieb der alte Mann stets derselbe. Auch Lukas' Hoffnung auf einen bedächtigen Schritt schlug fehl.

„Machen wir den Bogen?"

Vaters Frage war keine Frage. Schon bog er rechts ab und wählte ein Strässchen, das leicht anstieg. Sie würden den Rückweg eine Stufe höher am Berg unter die Füsse nehmen.

„Katrin meinte, ihr hättet als Kinder sehr gelitten, was ihr noch heute leidtue. Sie hat sich sogar bei mir entschuldigt."

Mörtelmischer hin oder her. So schnell wollte sich Lukas nicht abspeisen lassen. Der Vater schaute kurz zu ihm rüber und schwieg. Das Strässchen stieg steil an, so dass selbst der Vater sein Tempo drosselte.

„Dass ich solange ins Bett gemacht habe, hat sicher damit zu tun. Parfümflasche haben sie mich deswegen gehänselt. Jeden, den ich erwischen konnte, habe ich verprügelt."

Lukas schmunzelte. Wie ein Schläger sah das alte Männchen vor ihm nicht aus. Die Hände hinter dem Rücken verschränkt, starrte der Vater geradeaus, als ob er den kommenden Weg aufmerksam musterte. Als ob er sich vor Löchern und Wurzeln in Acht nehmen wollte. Weinte er?

„Fritz hat von alledem mehr mitbekommen als ich. Er ist ja zwei Jahre älter. Unser Vater schickte uns einmal zum Mörtelmischer. Er war verzweifelt. Den ganzen Weg dorthin weinten Fritz und ich. Auf der

Reussbrücke heulten wir wie Schlosshunde. An mehr kann ich mich nicht erinnern."

Während der Vater sprach, starrte er immer geradeaus, so dass Lukas ihn nur von der Seite sah. Er sprach mehr zu sich selbst als zu Lukas und erwartete keinen Kommentar. Gerne hätte Lukas seinem Vater die Hand auf die Schulter gelegt oder ihn am Arm berührt. Er hätte ihm gerne ein Zeichen der Anteilnahme, aber auch der Dankbarkeit gegeben. Aber der Vater marschierte weiter, liess sich vom soeben Gesagten nicht beirren, ging stramm seinen Weg. Für eine Weile schwiegen sie.

„Jahre später, ich hatte in Genf bereits meine Stelle, kehrte ich in die Neustadt zurück. Auf Besuch. Da sagte mir eine alte Frau aus der Strasse, die ich schon als Kind gekannt hatte, sie hätte nie gedacht, dass es die Sidler-Buben soweit bringen würden. Ja, Fritz und ich, wir haben es geschafft. Ganz alleine haben wir es geschafft. Ganz alleine haben wir uns durchgeschlagen."

Einen Augenblick blieb der Vater stehen, nickte Lukas zu, bevor er seine Schritte wieder beschleunigte. Mehr war aus ihm nicht herauszuholen.

15. Zigarette

Hätte Vinz mich nicht fallen gelassen, wer weiss, was aus mir geworden wäre. Ein Leben ohne Beno und Bärti. Für Vinz musste ich dauernd posieren. Ich war blutjung, verliebt, voller Träume. Manchmal kam ich mir vor der Kamera etwas albern vor, obwohl ich die theatralischen Posen mochte. Vinz bekam nie genug davon. Ein Vermögen muss er für die Fotografien ausgegeben haben.

Die Aufnahme vor dem Schaufenster gefällt mir am besten. Ich habe sie aufbewahrt. Sie liegt in der alten Schuhschachtel. Neulich zeigte ich sie Lukas. Der staunte nicht schlecht über die hübsche Frau auf dem Bild. Ich war sehr hübsch. Die Männer in der Neustadt drehten sich nach mir um, aber ich hatte andere Pläne.

Trotz der Schwarz-Weiss-Fotografie weiss ich genau, was ich damals trug: Einen dunkelgrünen, flauschigen Mantel, daran erinnere ich mich gut. Den Kopf wandte ich leicht zur Seite und forderte meinen Liebhaber mit einem koketten Blick heraus. Solche Posen fielen mir leicht. Vinz mochte sie. Aufgeregt hantierte er an seiner Kamera. Es dauerte ewig, bis er jeweils ein Bild schoss. Das war auch so an jenem Morgen vor dem Schaufenster. Beinahe wäre ich ihm aus dem Bild gelaufen. Mir war nämlich kalt. Am Morgen hatte es geregnet. Deshalb baumelte ein Schirm an meinem Arm. Nach dem Schnappschuss habe ich sicher einen Knicks angedeutet, wie ich es nach dem Applaus im Theater tat. Vielleicht habe ich auch nur gelacht und mich im Kreis gedreht. Auf alle Fälle verlangte ich für die Fotografie einen Kuss, wenn nicht einen Kaffee oder gar eine Schokoladentorte mit Sahne. Umsonst gab es bei mir nichts. Und Vinz hatte Geld, er kam nicht wie die anderen aus der Neustadt. Genauso hatte ich mir das vorgestellt.

Kennengelernt habe ich Vinz Meier im Büro. Er war für die Rechenbücher zuständig. Ein Angestellter. Etwas Besseres. Er sass mit albernen Ärmelschonern an einem Tischen, auf dem sich schwarz eingebundene Bücher stapelten. Seine Zigarette im Mundwinkel gefiel mir. Lässig hing sie zwischen seinen vollen Lippen. Herr Meier nahm kaum Notiz von mir, bis er mit einem Kopfnicken zu verstehen gab, ich solle mich setzen. Dann liess er mich rechnen. Fast eine halbe Stunde lang bombardierte er mich mit Zahlen. Während ich addierte, subtrahierte, multiplizierte und dividierte, von Neuem Zahlen notierte, um diese wieder zu addieren, subtrahieren, multiplizieren und dividieren, zog Herr Meier in regelmässigen Abständen eine Uhr aus seiner Westentasche hervor. Mit strengem Blick kontrollierte er, wie lange die junge Frau für die Aufgaben brauchte. Ich sei nicht auf den Kopf gefallen, ich könne mit Zahlen umgehen, fasste Herr Meier seine Eindrücke zusammen, nachdem er meine Resultate umständlich geprüft hatte. War das ein eingebildeter Kerl. Ich solle mich Morgen um halb sieben im Büro melden. Wenn er nach der ersten Woche mit mir zufrieden sei, werde ich angestellt. Dabei schaute er mir direkt in die Augen.

Ich jubilierte. Vinz hatte mich, ohne es zu ahnen, gerettet. Wahrscheinlich verliebte ich mich aus lauter Erleichterung in ihn. Noch Wochen vorher hatte mein Vater böse geschimpft, als sie ihm in der Fabrik mitteilten, seine Tochter stelle sich derart ungeschickt an, dass sie nicht zu gebrauchen sei. Zu Hause bekam ich vom Vater eine Ohrfeige. Natürlich wusste auch ich, dass die Familie auf ein zweites Einkommen angewiesen war. Aber ich wollte auf gar keinen Fall in die Fabrik. Ich wollte nicht so enden wie der Vater und all die anderen in der Strasse. Und so wie die verstorbene Mutter wollte ich niemals leben. Deshalb sabotierte ich von Anfang an Vaters Pläne. Absichtlich legte ich die Schrauben und Klammern in die falschen Kisten, absichtlich hörte ich nicht richtig hin, wenn man mir etwas erklärte. Dass der Vorarbeiter mich zum Teufel jagen würde, wenn ich aus Versehen das Öl ausleerte, war mir klar. Die Blechkanne mit dem Öl hielt ich solange in meinen Händen, bis ich dem Impuls nachgab und sich meine Finger lockerten. Sanft glitt die Kanne weg. Um sie nicht im letzten Augenblick aufzufangen, schloss ich die Augen. Als die Kanne scheppernd auf dem Boden aufschlug, dachte ich fest an meinen Bruder Martin. Der hatte auch auf seine innere Stimme gehört, als er in die Fremdenlegion abgehauen war. Langsam ergoss sich das Öl über den Werkboden.

Es war eine Freundin, die mir eines Tages mitteilte, im Büro der Fabrik suchten sie eine weibliche Hilfskraft. Sofort rannte ich hin. Vor dem roten Backsteinhaus, in dessen Erdgeschoss die Verwaltung der Fabrik untergebracht war, wartete bereits eine Handvoll Frauen. Nach zwei Stunden Warten, Hoffen und Bangen wurde ich aufgerufen und zu Herrn Meier vorgelassen.

Meinen braunen, dunklen Augen konnte Vinz nicht widerstehen. Ich hatte von Anfang an gespürt, dass der Meier bei der Anstellung nicht nur meine Rechenkünste in Betracht gezogen hatte.

16. Zigarette

Männer! Am Ende stand ich immer alleine da. Von ihnen verlassen. Vinz fand eine lukrative Arbeit in

Zürich, Bärti liess mich wegen einer jüngeren Servier-tochter sitzen und Beno starb mir weg. Strafte er mich ab? Das Alleinsein habe ich nicht gesucht, sie zwangen es mir auf, bis ich eines Tages genug hatte.

Dabei stellte ich keine überrissenen Ansprüche ans Leben. Von der Welt wollte ich etwas sehen. Ich wollte aus der Neustadt raus und nicht wie meine Eltern ein Leben lang in den Fabriken chrampfen. Das ist doch nicht zu viel verlangt! Ich träumte nie von einem grossen Abenteuer, weiss Gott nicht, aber auf Genuss und Freude mochte ich nicht verzichten. Warum sollte ich nicht die Schweiz kennenlernen, andere Länder bereisen? Mit Vinz schien das möglich, Beno erwies sich als Enttäuschung, schliesslich nahm mich Bärti mit.

Doch früher oder später hauten sie einfach ab. Keiner fragte nach, wie es mir danach ging. Die dachten, ja die Josy, die ist stark, die steht wieder auf und sucht sich den Nächsten. Haben die eine Vorstellung, was es bedeutete, zurückgelassen zu werden?

Als ich als kleines Mädchen auf der Strasse hinfiel und am Knie blutete, sagte mein Vater, ich solle aufhören zu heulen, das heile von alleine. Keine Salbe, kein Pflaster, kein tröstendes Wort. Aber eine Ohrfeige, weil ich nicht in der Fabrik arbeiten wollte. Von den Männern habe ich genug.

*

Leise schleiche ich durch die Schlafzimmertüre auf den Balkon. In der einen Hand halte ich die Schnur, während ich mit der anderen den Vorhang vor der Zimmertüre vorsichtig zur Seite schiebe. Ich wage kaum zu atmen, denn meine Atemgeräusche könnten mich verraten. Grossmutter schläft im Liegestuhl. Auf dem Balkon herrscht eine wohlige Wärme. Die Sonne taucht die Szenerie in ein helles Licht, das alles überblendet. Zentimeter um Zentimeter robbe ich näher an Grossmutter heran, bis ich mit dem Kopf beinahe das Stuhlbein berühre. Das regelmässige Auf und Ab von Grossmutters Bauch versichert mir, dass sie nichts bemerkt hat. Sie schläft tief und fest. Eine eigentümliche Erregung erfasst mich. Weil es auf dem Balkon warm ist, hat Grossmutter ihr Kleid ausgezogen. Geräuschlos lege ich die Schnur über Grossmutters Bauch, unterhalb ihres braunen Büstenhalters. Das eine Ende der Schnur befestige ich am Stuhlbein, während das entferntere Ende auf der anderen Seite des Stuhls knapp über dem Boden in der Luft baumelt. Auch dieses Ende muss befestigt werden. Lautlos krieche ich um den Liegestuhl herum. Über mir tauchen Grossmutters Füsse auf, ich erkenne sie aus den Augenwinkeln. Mit zusammengepressten Lippen stosse ich die

Luft langsam durch die Nase aus. Bald hab ich die andere Liegestuhlseite erreicht. Ein letztes Stück Weg. Etwas zu hastig ergreife ich das lose hängende Schnurende und atme dabei geräuschvoll ein. Zum ersten Mal räuspert sich Grossmutter im Schlaf. Wie vom Blitz getroffen verharre ich minutenlang in Schockstarre. Dann ziehe ich langsam an der Schnur, bis sich diese über Grossmutters Bauch spannt. Der schielende Blick zur schlafenden Grossmutter beruhigt mich nicht. Meine Finger zittern, als ich das Schnurende befestige. Nichts wie weg jetzt. Ich verlasse den Balkon über die Türe, die in den Flur führt. Dort richte ich mich auf. Ein letztes Mal schaue ich auf den Balkon. Grossmutter liegt gefesselt auf dem Liegestuhl und hat nichts bemerkt. Mein Blick bleibt an den Spitzen ihres Unterrocks hängen. Siegestrunken zieht der Indianer von dannen.

*

Zur Klärung eines Details rief Lukas den Vater an:

„Hör mal, warum heisst Laura eigentlich Laura, wenn sie doch auf Maria getauft wurde?", fragte Lukas, während seine Augen prüfend über die aufgeschlagenen Seiten des Familienbüchleins seines Urgrossvaters schweiften.

„Warum soll Laura Maria heissen?", wunderte sich der Vater. „Laura ist Laura."

„Aber im Familienbüchlein steht nirgends der Name Laura, sondern nur der Name Maria", beharrte Lukas. Im amtlichen Dokument war der Sachverhalt, in feiner Schrift und mit einem Stempel des Zivilstandsamts beglaubigt, festgehalten.

„Josy, deine Mutter", erklärte Lukas, „wuchs mit ihren zwei Brüdern Pius und Kandi auf, und mit einer Schwester namens Maria. Martin verliess die Familie ja früh, ebenso Willi, der zweite Sohn aus der ersten Ehe." „Ach so, das meinst du." Lukas hörte, wie der Vater sich hinsetzte.

„Maria ist Tante Migi. Laura ist keine Schwester von Josy."

„Was heisst das, Laura ist keine Schwester?"

Was war das wieder für eine Geschichte, dachte Lukas.

„Laura ist eine Halbschwester, die zweite Ehefrau brachte sie in die Ehe mit. Ein uneheliches Kind, verstehst du." Wie sollte Lukas das wissen. Ärger kroch in ihm hoch.

„Warum sagt mir das keiner?"

„Aber ich habe es dir doch soeben erklärt. Du brauchst mich nur zu fragen."

Den aufkeimenden Zorn in Lukas' Stimme hörte der Vater nicht. Für ihn handelte es sich um einen Sachverhalt, von dem er ausging, dass alle ihn kannten, auch Lukas. Deshalb erkundigte sich der Vater ohne Hintergedanken über den Stand des Buches. Falls Lukas weitere Fragen zur Familie habe, stehe er gerne zur Verfügung. Lukas hatte keine weiteren Fragen und beendete den Anruf. Kaum hatte er den Hörer aufgelegt, tat es ihm leid, dass er kurz angebunden gewesen war. Seinen Vater traf keine Schuld, wenn er ihm nicht die richtigen Fragen stellte. Also resümierte Lukas für sich den Anruf, indem er die Ergebnisse der kleinen Recherche im Notizheft festhielt.

Josy und Laura waren Halbschwestern. Deshalb tauchte Laura im Familienbüchlein nicht auf. Logisch. Aber wieso hatte Lukas geglaubt, bei Maria handle es sich um Laura? Warum war ihm nie aufgefallen, dass es vierzehn Kinder gab und nicht dreizehn? Wie oft hatte er das Familienbüchlein aufgeschlagen und sämtliche Angaben darin entziffert. Doch stets setzte er stillschweigend Maria mit Laura gleich. Eigentlich hätte er selber auf die Idee kommen müssen, dass Tante Migi Maria war und nicht eine Angeheiratete oder eine Cousine oder was auch immer. Von Tante Migi hatte Lukas kein Bild im Kopf. In den Erzählungen der Familie tauchte sie höchstens am Rande auf. Ganz anders Laura. Als Kind hatte er Laura und ihren Mann Rino mehrfach besucht. Laura war oft bei Josy, daran erinnerte sich Lukas ebenso. Für Lukas war folglich sonnenklar, dass Laura eine Schwester sein musste, während Migi irgendeine Verwandte am Rande des familiären Kosmos war. Wie rasch die eigene Wahrnehmung selektiv und dadurch falsch sein konnte, wenn die Annahmen, die ihr zugrunde lagen, nicht überprüft wurden.

Noch sinnierte Lukas über seinen Fehlschluss, als sich der Vater keine Viertelstunde nach dem ersten Anruf erneut meldete.

„Mir ist etwas eingefallen, was ich dich schon lange fragen wollte." Der Vater sprach in abgehackten Worten. Er war aufgeregt.

„Warum schreibst du keine Geschichte über die Sidler? Du bist doch selbst einer. Du musst auch über die Sidler schreiben." Lukas war perplex. Hielt ihn der Vater zum Narren?

„Ich schreibe eine Geschichte über deine Mutter. Da kannst du doch nicht behaupten, ich würde nicht über die Sidler schreiben. Sie gehört zur Familie, oder etwa nicht?"

„Du verstehst nicht, was ich meine."

Jetzt wurde der Vater richtig ungeduldig. Unter den aufkommenden Gefühlen litt seine Sprachfähigkeit erheblich. Stockend präzisierte er, was ihn aufwühlte.

„Warum, warum interessierst du dich nur für die Geschwister von Josy und nicht für die Familie von Beno. Mein Vater hatte auch eine Familie, weisst du." Vaters ernsthafter Ton brachte Lukas zum Schmunzeln. Wieso um alles in der Welt versetzte diese Banalität den Vater in einen solchen Zustand?

„Davon gehe ich aus, dass dein Vater auch eine Familie hatte." Lukas lachte.

„Das ist nicht lustig. Beno wurde von seiner Familie gemieden." Die Entschiedenheit, mit der der Vater Lukas' aufkeimende Belustigung beiseite wischte, duldete weder Spott noch Desinteresse.

„Ich schicke dir ein Erbenverzeichnis der Sidler, das ich vor Jahren im Zusammenhang mit einer kleinen Erbschaft erhalten habe. Schau dir das Papier an!" Lukas versprach dem Vater, dass er das Dokument studieren werde. Damit war für den Vater die Angelegenheit geregelt. Zufrieden legte er den Hörer auf.

Von Neuem nahm Lukas sein Notizheft hervor. Während er den Dialog schreibend wiedergab, schoss ihm eine Erkenntnis durch den Kopf. Lukas kannte gerade einmal drei Sidler: seinen Grossvater, seinen Vater und dessen Bruder Fritz. Begegnet war er nur Fritz und dessen Familie, denn Grossvater Beno starb vier Jahre vor Lukas' Geburt. Andere Verwandte namens Sidler bekam er nie zu Gesicht. Wieder so eine Erkenntnis, die Lukas zu denken gab. Warum war ihm das nie aufgefallen? Wieso hatte er sich nie darüber gewundert, dass er keine Sidler kannte? Auf Vaters Seite gab es keine Onkel, keine Tanten, keine Cousins oder Cousinen namens Sidler. Auch Grossmutter sprach selten von Benos Familie, und wenn sie es tat, benutzte sie die Formulierung „die Sidler". Der Plural bezeichnete die ganze Sippe, von der Grossmutter eine schlechte Meinung hatte.

Lukas kannte seine Verwandten nicht. Ohne Vaters Nachhaken wäre ihm dieser seltsame Sachverhalt nicht aufgefallen. Erst Vaters Ernst, der seiner Stimme eine ungewohnte Schärfe verlieh, löste den Knopf im Kopf. Für Lukas war die väterliche Verwandtschaft so, wie sie eben war. Es gab sie, aber man kannte sich nicht. Das schien ihm normal zu sein. Also dachte Lukas auch nie darüber nach, was denn hier eigentlich los war. Er nahm die Tatsache als gegeben hin. Und was nicht nachgefragt werden sollte, wurde nicht erzählt. Wer fragte, erhielt eine knappe Antwort, aber nur, wer fragte. Ansonsten schwieg die Familie. Doch ohne einen Anlass, ohne ein wie auch immer geartetes Motiv gab es für Lukas keinen Grund, sich zu wundern. Dass sich hinter diesem dicken Gestrüpp von Schweigen und Vergessen Verwandte versteckten, entdeckte Lukas erst, als er Vaters Empörung spürte. Dieses starke Gefühl stellte sich quer zur eingeschliffenen Familientradition. Es riss ein Loch ins Gestrüpp. Auf einmal erhaschte Lukas einen Blick auf das Versteckte: Wer mied Beno, und aus welchen Gründen?

Sollte Lukas dieser Geschichte nachgehen? War Beno das schwarze Schaf in der Familie, weil er sich mit Josy eingelassen hatte? Von Katrin wusste Lukas, dass die Sidler Geld besassen. War den Sidler die Proletenfamilie, aus der die junge Ehefrau von Beno stammte, ungeheuer? Oder enttäuschte Beno die Erwartungen der eigenen Familie? Bestraften sie ihn für seine Vorliebe für das Theater und den Fussball? Mieden sie ihn, weil er nicht im Geschäft arbeiten wollte? Waren die Hoffnungen der Sidler nicht ein Stück weit auch jene von Josy? Hatte sie sich nicht auch in Beno verliebt, weil sie die Hoffnung hatte, er würde sie aus der Neustadt in ein angenehmeres, begüterteres Leben führen? Lukas war ratlos. Die Geschichte wuchs ihm immer mehr über den Kopf.

17. Zigarette

Süss-bitter schmeckte der Campari. Je länger er im Glas blieb, desto bitterer wurde er. Ihm tat die Wärme gar nicht gut. Mir tut das Warten in meiner Wohnung auch nicht gut. Ich fühle mich wie abgestandener Campari. Klebrig-bitter. Den Campari trank ich mit Rosa zusammen. Eine ganze Flasche. In Ostia.

Dort herrschte eine fürchterliche Sommerhitze. In der Ferienwohnung trugen wir nur Unterwäsche. Dumpf und schwer lag die Hitze in den abgedunkelten Zimmern. Das Lüften frühmorgens und das Schliessen der Fensterläden den Tag hindurch halfen nicht mehr weiter. Am Morgen schauten wir Fernsehen. Ein italienischer Sender zeigte Sexfilme. Die schauten wir uns an. An einem Morgen tranken wir dazu Campari. Rosa hatte die Flasche am Vorabend um die Ecke gekauft. Zuerst nippten wir an einem Glas, dann leerten wir die ganze Flasche. Ich glaube, wir waren betrunken. Aber so genau weiss ich das nicht mehr.

Ich erwachte, als Roberto, Rosas Bruder, mich am Arm schüttelte. Hinter ihm stand seine Frau und schüttelte den Kopf. Beide redeten auf Rosa ein, die ebenso schlaftrunken wie ich im Bett lag und Durst hatte. Allmählich begriff ich, was vorgefallen war. Nach dem Film waren wir eingeschlafen, beide im selben Bett. Dummerweise dachten wir nicht mehr daran, dass sie uns um ein Uhr eingeladen hatten. Als wir zum Mittagessen nicht aufkreuzten, suchte uns Roberto in der Wohnung. Obwohl er den Fernseher hörte und mehrmals an der Haustür klingelte, gingen wir nicht an die Tür. Aus Angst, uns sei etwas passiert, liess Roberto den Hauswart kommen, der die Tür mit einem Zweitschlüssel öffnete. Die beiden Männer überraschten uns im Tiefschlaf. Schnarchend lagen wir zusammen im Bett, im Wohnzimmer auf dem Tisch eine leere Flasche Campari und zwei Gläser.

Die Angelegenheit war Robertos Frau peinlich: Zwei Signore in Unterwäsche, schlafend im Bett und offensichtlich betrunken. Wahrscheinlich waren wir ihr egal. Sie ärgerte sich mehr über das Getuschel der Nachbarn. Als das Rettungskommando abgezogen war, zündete ich eine Zigarette an. Rosa hielt sich mit beiden Händen den Kopf. Unsere Blicke trafen sich. Stille, dann brach es aus uns heraus. Wir lachten, bis uns der Bauch wehtat.

Seit Wochen habe ich kaum mehr Kontakt zu Rosa. Nur am Sonntag schaut sie kurz vorbei und bringt mir einen Teller mit Essen. Wir haben uns verkracht. Wegen ihrer Kinder. Ich hätte nichts sagen sollen, ich weiss, aber unter Freundinnen darf man doch seine Meinung äussern. Für das, was ich gesagt habe, werde ich mich jedenfalls nicht entschuldigen.

*

Der Vater hatte Wort gehalten. Er musste die Dokumente gleich nach dem Anruf gesucht und ihn ein Briefcouvert gesteckt haben. Vermutlich nutzte er die Gelegenheit für einen seiner Spaziergänge durchs Dorf, denn die Post befand sich im alten Kern. Das bedeutete eine halbe Stunde hin, eine halbe Stunde zurück. Falls er vergessen hätte, den Brief einzuwerfen, wäre er umgehend zur Post zurückgekehrt. Eine weitere halbe Stunde hin, eine halbe Stunde zurück. Doch bei Angelegenheiten, die dem Vater wichtig waren, funktionierte das Gedächtnis einwandfrei. Also war es für seine Verhältnisse ein kurzer Spaziergang.

Das Teilungsamt der Stadt Luzern hatte ein Erbenverzeichnis erstellt, weil eine sehr alte, kinderlose Frau ohne direkte Nachkommen verstorben war und ein stattliches Vermögen hinterlassen hatte. Wem gehörte das Geld? Nachforschungen waren notwendig, weil sich keine direkten Nachkommen meldeten. In einem ersten Schritt überprüfte der Beamte, ob der Vater und die Mutter der Verstorbenen Geschwister hatten. Mütterlicherseits war dies nicht der Fall. Der Vater hingegen besass eine Schwester, und die war mit einem Sidler verheiratet. Diese angeheiratete Sippe war kinderreich, denn der besagte Sidler besass zwölf Geschwister. Erbtechnisch eine Katastrophe, die dem Beamten zudem viel Arbeit bescherte. Wie wenn das nicht schon genügt hätte, wurde der Verzettelung des Vermögens eine weitere, diesmal wirklich verhängnisvolle Dimension hinzugefügt. Von den Geschwistern lebte nämlich niemand mehr, so dass der Beamte das Erbe auf deren Kinder und Kindeskinder aufteilen musste. Es wimmelte von Erbberechtigten. Um den Überblick zu bewahren, zeichnete der Beamte von Hand einen Stammbaum, der die mühseligen Abklärungen im Zivilstandsregister anschaulich zusammenfasste. Dreiecke symbolisierten Frauen, Kreise Männer. Durchgestrichene Symbole zeigten an, dass die betreffende Person gestorben war. Gesamthaft 56 Personen, alles nähere Verwandte, verteilten sich über fünf Generationen, wobei die jüngste Generation gerademal eine Person umfasste. Sie schaffte es ins Verzeichnis, weil ihre direkte Linie aus lauter durchgestrichenen Symbolen bestand. Die älteste Generation bestand hingegen aus dem Vater und der Mutter der dreizehn Geschwister, auch wenn sie nichts zur Klärung der Erbverteilung beitrugen. Wohl der Ordnung halber und weil er über die Information verfügte, hatte der Beamte sie dennoch aufgeführt. Innerhalb einer Generation wurden die Eheleute mit einem schwungvollen Bogen miteinander verknüpft. Je kinderreicher ein Paar, desto mehr Striche führten von ihm weg. Mitten im grössten Strahlenkranz fand Lukas den Namen seines Grossvaters, denn Beno Sidler entstammte einer dreizehnköpfigen Kinderschar. Da Beno und Josy zum Zeitpunkt, als der Beamte das Verzeichnis angelegt hatte, bereits verstorben waren, tauchten als Erbberechtigte Lukas Vater und dessen Bruder Fritz auf. Die wenigen Sidler, die Lukas kannte. Vier von sechsundfünfzig aufgelisteten Verwandten. Am Schluss erhielten sie alle ein paar Tausend Franken, zu mehr reichte es nicht. Ob dies im Sinne der Verstorbenen war? Ihr Vermögen floss vollumfänglich von ihrer Familie ab und den Sidler zu.

Aus der Sicht von Lukas' Vater erwiesen sich die Verwandtschaftsverhältnisse als weit übersichtlicher. Bei der Erblasserin handelte es sich um eine Cousine, auch wenn er ihr nie begegnet war, ja, nicht einmal von ihrer Existenz wusste. Was war das für eine seltsame Familie. Als Lukas die lange Liste der Erbberechtigten mit ihren Jahrgängen und Adressen durchlas, fiel ihm auf einmal auf, dass die Liste erst vor fünf Jahren entstanden war. Am Telefon sprach der Vater von einer Erbschaft, die er vor Jahren erhalten habe. Daraus hatte Lukas fälschlicherweise geschlossen, dass die Angelegenheit weit zurück in der Vergangenheit lag. Dem war nicht so. Lukas konnte sich aber nicht daran erinnern, dass seine Eltern diese Erbschaft je erwähnt hätten. Im Nachhinein empfand er das als Affront. Etwas von dem Geld hätten seine Eltern weitergeben dürfen, wenigstens ein symbolischer Batzen, das wäre anständig gewesen, selbst wenn er nicht im Erbenverzeichnis aufgeführt und dieses zugegebenermassen umfassend war.

Von neuem nahm Lukas den Stammbaum zur Hand. Alles, was er im Erbenverzeichnis an Informationen über seinen Grossvater fand, wollte er zusammentragen. Beno war das drittjüngste von dreizehn Kindern der Grossfamilie Sidler. Sechs Buben und sieben Mädchen, zwischen 1892 und 1912 geboren. Wo sie lebten, ging aus den spärlichen Angaben nicht hervor. Wahrscheinlich bewohnten sie ein Haus in einer der Gemeinden vor den Toren der Stadt Luzern. Dreizehn Kinder in einer Stadtwohnung einzuquartieren, konnte sich Lukas nicht vorstellen. Die Wohnung hätte aus lauter überfüllten Schlafzimmern bestanden.

Vier Zimmer hätten es sein müssen, eines für die Eltern und die Kleinsten, drei für die restlichen Kinder. Bei der Geburt des jüngsten Kindes war Benos Mutter fünfundzwanzig Jahre alt. Die ersten fünf Kinder gebar sie im Jahresrhythmus. Erst 1897 gönnte sich das Paar ein kinderloses Jahr. Ein Jahr ohne Geburt, bevor die nächsten vier Jahre vier weitere Geschwister brachten. Nach neun Kindern gewährten sich die Eltern 1902 erneut eine Verschnaufpause. Im darauffolgenden Jahr umfasste die Familie bereits zehn Kinder. Beno war das elfte Kind, die Mutter mittlerweile vierzig Jahre alt. Doch Beno blieb nicht der Jüngste. Mit vierundvierzig und fünfundvierzig Jahren gebar die Mutter zwei Nachzügler, erst eine Tochter, dann Benjamin. Sein Name deutete es an: Jetzt war endgültig Schluss.

Ob von der Kinderschar eine Fotografie existierte? Angesichts der Tatsache, dass die Familie Sidler als wohlhabend galt, wenigstens in den Augen derer, die aus dem Familienverband ausgeschlossen waren, klebte wohl irgendwo ein solches Dokumente in einem Fotoalbum. Lukas stellte sich das aufgeregte Rudel vor, wie es sich nach den Anweisungen des Fotografen platzierte: Vorne sassen die Mädchen auf den Stühlen, dahinter standen die Buben aufrecht. Ernste Gesichter. Nach dem Alter aufgereiht, von links nach rechts. Zwei parallel verlaufende Diagonalen. Vielleicht hatte sich der Fotograf für eine Einerkolonne entschieden. Er reihte die Kinder der Grösse nach auf, wobei sie den Kopf im Neunziggradwinkel abwendeten und in die Linse blickten. Vielleicht hatte er sie auch zu einem Halbkreis formiert, die Jüngsten in der Mitte. Oder die Kinder hatten wilde Pyramiden gebaut, doch so etwas wäre natürlich nie und nimmer erlaubt worden. Mit dreizehn Kindern, soviel stand für Lukas fest, liess sich künstlerisch einiges gestalten. Wie gerne hätte er sich die wirkliche Fotografie im Familienalbum angeschaut.

Vaters Erbenverzeichnis verschwand in der Schachtel, in der Lukas Dokumente und Erinnerungsstücke von Grossmutter aufbewahrte. Er legte seine papierenen Verwandten auf die Seite. Diese Spur führte von Grossmutter weg.

18. Zigarette

Was soll ich bloss mit der angebrochenen Flasche Bier machen? Gestern habe ich sie gekauft, aber ich mag kein Bier. Otto würde sie austrinken, Bärti auch, der war ja ständig betrunken. Am wenigsten trank Beno, ausser er blieb in einer Beiz hängen, was oft vorkam. Glück hatte ich wahrlich keines. Ich werde das Bier wegschütten. Es kommt mich ja keiner besuchen. Die Einsamkeit macht mich fertig.

Seit Tagen plagen mich die immer gleichen Erinnerungsfetzen. Otto mit der Pistole. Bärti auf seinem Töff. Vinz mit der Kamera. Beno im Theater. Doch keiner setzt sich an den Tisch und fragt mich, wie es mir geht. Wie Geister erschrecken sie mich, tauchen kurz auf, um gleich wieder zu verschwinden.

Was ist bloss mit mir los?

*

Der Anruf kam am Abend mitten in der Woche. Der Vater hatte einen Schlaganfall erlitten, ausgerechnet an einem Tag, an dem die Mutter mit ihrer Schwester einen ihrer raren Ausflüge machte. Sie habe sofort bemerkt, dass etwas nicht stimme, als er ihr am Abend die Tür öffnete. Aber keine Sorge, beschwichtigte die Mutter, dem Vater gehe es den Umständen entsprechend gut. Nach und nach erfuhr Lukas, dass seine Mutter auf Anraten von Urs mit dem Vater umgehend das Kantonsspital aufgesucht hatte. Schon am Telefon hegte Urs den Verdacht, es könnte sich um einen leichten Schlaganfall handeln. Der Vater hatte nämlich zwischenzeitlich Lähmungserscheinungen. Er bemerkte dies erst, als ihm der Kugelschreiber aus der Hand fiel und er diesen nicht mehr aufheben konnte. Die Hand gehorchte seinem Willen nicht mehr. Von sich aus hatte der Vater nichts unternommen, ausser dass er die gelähmte Hand solange rieb, bis er sie wieder zu spüren glaubte. Wie lange das ging, konnte er nicht sagen. Auf Lukas' Frage, wo denn der Vater jetzt sei, antwortete die Mutter, er liege in einem grossen Zimmer. Sie sei am Morgen bei ihm gewesen. In der Nacht habe er einen Zimmernachbarn bekommen, ebenfalls ein älterer Mann, der sich ein wenig um den Vater kümmere. „Weisst du, dein Vater ist etwas durcheinander."

Einen trüberen Samstagmorgen hätte sich Lukas nicht vorstellen können. Grau, nass und kalt. Wer konnte, blieb im Bett. Selbst die vorbeiziehenden Landschaften, die Lukas von vielen Zugfahrten so vertraut waren, warfen nichts als die anklagende Frage auf, was um Himmels willen der Betrachter bei diesem Wetter frühmorgens im Zug zu suchen hatte. Vaters letzter Spitalaufenthalt lag mindestens sieben, acht Jahre zurück. Nach der Chemotherapie war das gewesen. Damals hatte der Vater die Familie durch die Krise geführt. Er werde gesund und überhaupt sei er nicht tot, wir sollten ihn nicht so traurig und kummervoll ansehen. Lukas lächelte im Zug. Als die Diagnose Krebs im Raum gestanden war, hatten alle gedacht, der Vater werde das nie prästieren. Nicht er, der so unselbstständig und unbeholfen war. Was hatten sie sich in ihm getäuscht. Meisterhaft ging er durch die Krise, mit Zuversicht und Humor. Allen, die es wissen wollte, erzählte er ohne Umschweife, was ihm widerfahren war. Und siehe da. Sein Vater besiegte den Krebs. Jede Nachuntersuchung bestätigte den positiven Befund. Durfte sich Lukas deshalb beruhigen?

Die Mutter erwartete ihn am Bahnhof. Gemeinsam stiegen sie in den Bus, der sie zum Spitalkomplex ausserhalb des Städtchens brachte. Mitten im Grünen, leicht erhöht, erstreckte sich das Spitalgelände. Zielstrebig marschierte die Mutter voraus, an Häusern entlang, rein in ein Hochhaus, zum Lift, Stockwerke hoch, raus, dann links einen Gang entlang bis zur Nummer 423. Vaters Zimmer.

Verkabelt lag der Vater im Bett, in einem fleckigen Trainingsanzug. Die Trainerjacke halb offen, um den Bart Spuren des Mittagessens. Sogleich machte sich die Mutter an die Säuberung des Patienten, während Lukas mit dem Bettnachbarn plauderte, bis der Vater in den Augen der Mutter wieder en gattig machte. Vom Nachbarn erfuhr Lukas, dass sein Vater sich um drei Uhr morgens geduscht hatte. Früh sei er heute auf den Beinen gewesen. Auf Nachfrage bestätigte der Vater seinen nächtlichen Ausflug ins Bad. Er habe doch seiner Frau versprochen, sich zu duschen, bevor wir ihn besuchen kämen. Das sei ihm in der Nacht eingefallen und so habe er sich leise auf den Weg gemacht. Während der Zimmernachbar laut lachte, verdrehte die Mutter ihre Augen. Lukas wusste nicht recht, was er von der Geschichte halten sollte. Überhaupt schien der Vater verwirrt. Ständig wollte er wissen, was für ein Tag heute sei und wann er nach Hause dürfe. Auf die Lukas' Frage, was vor zwei Tagen geschehen sei, als er alleine im Haus gewesen sei, wusste der Vater keine Antwort.

Vaters Verwirrung nahm zu, als der Zimmernachbar seine sieben Sachen in eine Tasche stopfte. Er war nur zur Kontrolle hier gewesen. Da alle Untersuchungen positiv ausfielen, durfte er wieder nach Hause. Jetzt verstand Lukas die heitere Stimmung, die von Georg ausging, wie der Zimmernachbar von seinem Vater genannt wurde. Georg gehörte zu den Glücklichen, die abhauen durften. Der Vater schaute ihm beim Abschied mit traurigen Augen nach, versprach, auf sich aufzupassen und wünschte Georg gute Besserung. Das sei nicht mehr nötig, lachte dieser, er sei wieder auf den Beinen.

Georgs abrupter Aufbruch hinterliess eine Leere im Zimmer. Für eine Person war der Raum zu gross. Ein halber Ballsaal sei das, meinte der Vater. Lukas warf seiner Mutter einen kurzen Blick zu. Sie musste dasselbe denken wie er. Hier im Spital war der Vater verloren. Dennoch erklärte ihm Lukas, wie der Fernseher funktionierte und rechnete ihm vor, dass er höchstens noch zwei Tage bleiben müsse. Auf Wunsch der Mutter rasierte er den Patienten, gegen dessen Proteste. Danach wusste niemand mehr, was sagen. Umständlich klaubte die Mutter Vaters schmutzige Wäsche zusammen, während Lukas wie sein Vater auf den Boden starrte. Nach einem kurzen Abschied traten sie aus dem Zimmer. Als Lukas einen letzten Blick auf seinen Vater zurückwarf, stand dieser winkend im Spitalkorridor. „Geh wieder ins Zimmer, bevor du dich verirrst!", murmelte die Mutter.

Auf der Rückfahrt zum Bahnhof sprachen sie im Bus über Vaters Krankheit. Zwar hatte sich der Vater überraschend schnell und gut vom Schlaganfall erholt, aber seine Demenz hatte sich sprunghaft verschlechtert. Vaters Suche nach den entfallenen Wörtern wurde eindringlicher, die Angst vor scheinbar unbekannten Dingen nahm zu, das Kurzzeitgedächtnis liess ihn fast ganz im Stich.

„Er vergisst alles." Lukas nickte der Mutter zu.

„Obschon er ja behauptet, er sei nicht dement, er habe nur Durchblutungsstörungen im Kopf. An diesen Ausdruck kann er sich seltsamerweise erinnern. Den hat er von einem Arzt aufgeschnappt." Sie grinsten beide. Durchblutungsstörungen im Kopf, eine hübsche Formulierung, auch wenn die Folgen im Alltag dieselben waren wie im Fall einer Demenz.

„Er stirbt uns in kleinen Schritten weg", umschrieb Lukas das Gefühl, das der Besuch bei ihm hinterlassen hatte. „Ohne deine Hilfe wäre es weit schlimmer. Ohne deine Pflege würde es nicht mehr gehen."

Durch die beschlagenen Fensterscheiben schauten sie beide hinaus ins Weite. Sie sassen sich gegenüber, die Mutter und der Sohn. Sie ahnten, dass der Abschied vom Ehemann und Vater erst begonnen hatte.

„Er ist ein Stehaufmännchen", meinte die Mutter. Am Bahnhof verabschiedeten sie sich voller Zuversicht. Der Vater würde sich zu Hause erholen, daran zweifelten sie keine Sekunde. In zwei Tagen hatte er es überstanden. In zwei Tagen durfte er nach Hause. Dann würde aus dem orientierungslosen, nach vorne gebückten Männchen im Spital wieder der unternehmungsfreudige alte Herr.

„Zu Hause koche ich mir Pouletbrust, dazu Reis. Darauf freue ich mich." Mit diesen Worten verabschiedete sich die Mutter von Lukas. Froh über Mutters Unternehmungslust stieg Lukas in den Zug. Im Gegensatz zum Vater neigte sie zu depressiven Stimmungen. Davor fürchtete sich Lukas mehr als vor Vaters Demenz. Umso erleichterter nahm er ihre Menüpläne zur Kenntnis. Seine Mutter mochte Geflügelfleisch. Der Vater hingegen brachte keinen Bissen runter, was zur Folge hatte, dass die Mutter nur noch auswärts zu Poulet kam. Wenn sie sich jetzt eine ihrer Leibspeisen kochte, zeugte das von Eigenständigkeit. Erleichtert plumpste Lukas auf den gepolsterten Sitz des Zugabteils.

Diesmal ging die Reise von Osten nach Westen. Wieder zogen trüb-graue Landschaften vorbei, Müde starrte Lukas aus dem Fenster. Seine Augen fixierten die Jurakette am Horizont, an deren Flanke sich erste Nebelfelder bildeten. Seinen Vater hatte er noch nie rasiert. Bisher erfüllte der Vater die tägliche Pflicht selbstständig, wobei er die Nassrasur aus Überzeugung bevorzugte. Im Spital hantierte Lukas allerdings mit einem Rasierapparat, den der Vater wohl genau für solche Augenblicke gekauft hatte. War das die Zukunft? Den Vater pflegen? Sich mit einem alten Körper abmühen? Vor vielen Jahren, fiel Lukas ein, hatte er mit Ricarda Grossmutter besucht, kurz bevor sie starb. Es ging ihr damals nicht gut. Lukas hatte Windeln mitgebracht, um der notorischen Blasenschwäche der alten Frau etwas entgegenzusetzen. Zuvor hatten Ricarda und Lukas Grossmutter gebadet. Kein einfaches Unterfangen in einem Badezimmer, das für eine Person vorgesehen war. Vor allem der Ausstieg aus der Badewanne erwies sich als Kraftakt, denn die geschwächte Grossmutter kam nicht mehr von selbst aus dem schäumenden Wasser. Tief über die Badewanne gebeugt, hob Lukas die nackte Frau aus der Wanne und stellte sie schnaufend auf ihre Füsse. Grossmutter hielt sich während des Schwebeakts mit beiden Händen an seinem rechten Arm fest. Kaum hatte sie wieder festen Boden unter den Füssen, packte sie Lukas Hand und drückte diese fest an ihren Busen. Sie schaute ihm ins Gesicht, lächelte, liess die Hand aber nicht los. Wieso kam ihm ausgerechnet jetzt diese Episode in den Sinn? In der Ferne erkannte Lukas trotz dichter werdendem Nebel den Hauenstein. Vielleicht, weil Vaters Körper jenem der Grossmutter glich. In sich zusammengefallene Körper. Sein Vater und Grossmutter gingen beide leicht nach vorne gebeugt. Vielleicht auch, weil Lukas bei seinen ungelenken Pflegeaktionen beide Male dasselbe Gefühl beschlich. Angesichts der Bedürftigkeit des Anderen spürte er einen nicht zu bändigenden Schrecken. Kein Pflichtgefühl der Welt brachte diesen Schauder zum Schweigen.

Nur einen Tag später erreichte Lukas ein neuerlicher Anruf seiner Mutter. Ohne triftigen Grund hätte sie ihn nicht nach so kurzer Zeit wieder kontaktiert. Die Mutter hielt Distanz zu ihren Kindern, weil sie als Schwiegertochter unter der Übergriffigkeit von Josy gelitten hatte. Oder wie es Ricarda formulierte: Zwischen der Mutter und der Ehefrau gab es in den Augen des Vaters nicht allzu viele Differenzen. So konnte man es auch umschreiben. Unter dem Eindruck böser Ahnungen meldete sich Lukas mir brüchiger Stimme am Telefon.

„Bist du erkältet?", fragte die Mutter als Erstes.

„Nein, nein, mir ist etwas im Hals stecken geblieben."

„Gut. Hör zu, ich wollte dir nur sagen, dass dein Vater wieder zu Hause ist. Im Spital ist es nicht mehr gegangen. Er war so verwirrt, dass sie seinem Drängen nachgaben und ihn gehen liessen. Die ausstehende Untersuchung machen wir hier im Haus. Er trägt ein Messgerät auf sich, das ich morgen zurückgebe."

„Und wie geht es ihm?"

„Bestens. Er ist oberhappy. Alle zwei Stunden sagt er mir, wie glücklich er mit mir sei. So schön hatten wir es zusammen schon lange nicht mehr." Die Mutter lachte laut.

„Wie verwirrt ist er?"

„Es geht schon viel besser. Bis auf die Sprache." Munter berichtete die Mutter, wie der Vater am Morgen im Spitalzimmer auf sie gewartet habe. Wohl zum ersten Mal in seinem Leben hatte er seine Reisetasche selbst gepackt. Alles, was ihm gehörte, stopfte er hinein. Bis auf die Toilettenartikel im Bad und die Kleider im Schrank. Die hatte er vergessen, dafür hatte er die Jacke angezogen.

„Ich muss jetzt auflegen. Wir wollen den Tennismatch im Fernsehen verfolgen. Fedi steht im Final."

Ein letzter Gruss und die Leitung war unterbrochen.

19. Zigarette

Spät in der Nacht brach ich auf. Ich hielt die Schmerzen nicht mehr aus. Von Fritz' Geburt her wusste ich, dass es nun losging, dass es unvernünftig war, länger zuwarten. Meine Schwester Laura blieb zu Hause bei Fritz, der friedlich in seinem Bettchen schlief. In den letzten Wochen war er nicht mehr von meiner Seite gewichen. Dauernd hing er an meiner Schürze. Ohne Laura hätte ich es nicht geschafft. Lieber hätte ich mein zweites Kind in der Wohnung geboren, als Fritz unbeaufsichtigt zurückzulassen.

Überfallartig kamen die Krämpfe. Kaum meldeten sie sich, setzten im Unterleib die Schmerzen ein. Beim ersten Mal musste ich mich auf der Strasse runter zum Kreuzstutz an ein Mäuerchen lehnen. Es hätte mich beinahe überschlagen. Ich atmete tief ein und aus, wie ich es manchmal machte, wenn mir eine Zigarette besonders guttat. Das half. Dann ging es so schnell wie möglich weiter. Zum Glück lag weder Schnee noch Eis auf den Strassen. Aber kalt war es, wie immer bei uns im Februar.

Wie oft ich stehenblieb, bis ich die Reussbrücke erreicht hatte, weiss ich nicht mehr. Normalerweise bin ich in zehn Minuten dort, aber hochschwanger und allein dauerte es über eine halbe Stunde. Angst hatte ich nie. Ich erinnere mich, dass ich auf der Brücke an Beno dachte. Mein Mann war im Aktivdienst. Vor zwei Monaten – an Weihnachten – hatte ich ihn zum letzten Mal gesehen. An meinen Vater dachte ich ebenfalls. Als kleines Kind hatte ich manchmal auf seinen Schoss klettern dürfen. Wenn er mich mit seinen rauen kräftigen Händen wiegte, fühlte ich mich geborgen. Ich schloss die Augen und schwebte wie ein farbig schillernder Rauchkringel durch die Luft.

Von der Brücke aus sah ich die Sankt-Karli-Kirche. Ich bin nicht religiös, aber als ich das Kreuz am viereckigen Turm sah, empfand ich Erleichterung. Ich war froh, dass die Hälfte des Wegs hinter mir lag. Ich schritt die wenigen Stufen zum Portal hoch, denn auf der Rückseite der Kirche befanden sich zwischen dürren Bäumen zwei Bänke. Dort ruhte ich mich aus. Sogar eine Zigarette habe ich mir angezündet, doch nach ein paar Zügen krampfte sich mein Unterleib von Neuem zusammen. Heftiger als zuvor. Ich stöhnte laut, dennoch blieb ich bis Mitternacht sitzen. Wäre ich vor zwölf Uhr ins Spital eingetreten, hätte ich einen vollen Tag mehr bezahlen müssen. Das Eintrittsgeld hatte Beno an Weihnachten von seinen Verwandten ausgeliehen. Nach der Geburt schenkten sie es ihm, weil sie wussten, er würde es nicht zurückzahlen können.

An mehr kann ich mich nicht erinnern. Die Geburt von Hugo verlief rasch und problemlos.

*

Was wusste Lukas von Grossmutter? Je länger er sich mit ihr beschäftigte, desto unnahbarer schien sie ihm zu sein. Er hatte Interviews geführt, Akten gesucht, Dokumente gelesen, in seinen eigenen Erinnerungen gegraben, mit allen möglichen Leuten über Grossmutter geredet. Doch was wusste er von ihr? Auf diese Frage hätten ihm die aufgezeichneten Gespräche, hätte er sie denn aufgezeichnet, auch keine Antwort gegeben, soviel verstand Lukas. Was war das für ein Leben, dem er seit Monaten auf der Spur war, er, der Menschenfresser, der Fleisch witterte und hartnäckig der verheissungsvollen Beute nachstellte. So umschrieb Marc Bloch, ein französischer Historiker, das Handwerk des Historikers. Wer war Grossmutter?

Ständig entzog sie sich ihm, oder besser: Stets zerfiel sein mühsam zusammengesetztes Bild still und stumm in seine Einzelteile. Lukas war unfähig, sie zu einem bleibenden und stimmigen Ganzen zusammenzufügen. Konzentrierte er sich auf ein Detail, erschien Grossmutter einen Augenblick lang in grellen, leuchtenden Farben. Die eindringlichsten Bilder waren Erinnerungssplitter. Kleinstsequenzen. Sobald Lukas aber versuchte, diese plastischen Bilder mit anderen

Spuren ihres Lebens zu verknüpfen, verlor Grossmutter an Konturen. Die Einzelbilder wollten sich nicht zu einem Ganzen bilden. Wenn er mehrere Episoden überblickte, wurde Grossmutter blass und starr. Eine Figur. Aber der Menschenfresser wollte Fleisch, richtiges Fleisch.

Was trieb Lukas an? Vielleicht kriegte er Grossmutter mit dieser Frage zu fassen. Vielleicht kam er ihr über diesen Umweg auf die Schliche. Er schrieb gegen das Vergessen an. Bevor nur noch seine Generation am Leben war, wollte er festhalten, was geschehen war. Lukas suchte nach einer Geschichte. Denn nur in einer Geschichte widerfuhr Grossmutter Gerechtigkeit. Der Leere am Ende ihres Lebens wollte er etwas entgegensetzen. Sie hatte nicht nichts erreicht. Sie war nicht nichts. Sie hatte ihre Geschichte. Sie starb als Mensch. Davon wollte Lukas anderen erzählen. Und schliesslich waren Grossmutters Geschichten Teil seiner selbst.

Das mochte so sein, aber sogleich kam Lukas eine Bemerkung seiner Mutter in den Sinn. Dass sie eines Tages ein Buch über ihre Schwiegermutter lesen müsse, hätte sie sich nie träumen lassen. Ausgerechnet ein Buch über ihre Schwiegermutter. Geschrieben von ihrem Sohn. Die Bemerkung war der Mutter rausgerutscht, mehr ein Seufzer als ein Lachen. Die Mutter meinte es ernst. Josy sei eine fantastische Grossmutter gewesen, aber eine grauenhafte Schwiegermutter, schob die Mutter entschuldigend nach, weil sie Lukas nicht verletzen wollte.

Gab die Mutter Lukas zu verstehen, dass er Grossmutter durch die Augen des Enkels betrachtete? Durch einen rosaroten Filter? Blieb Grossmutter mehr Figur als Mensch, weil er eine verklärte Sicht auf sie hatte? Stimmte es, dass Lukas die dunklen Seiten von Grossmutter ausblendete? Zur Widerlegung dieser These nahm er sich vor, sich drei Begebenheiten zu vergegenwärtigen, in denen Grossmutter ihn erschreckt, verärgert oder belastet hatte. Drei Begebenheiten, in denen er in Grossmutters Abgründe blickte. Das Gedankenexperiment verursachte ihm keine Bauchschmerzen, er brauchte nicht lange zu suchen. Er hätte auf Anhieb auch eine vierte, fünfte Szene aufzählen können.

Erste Begebenheit: Einmal bat Lukas Grossmutter, sie solle ihm zuliebe an die Urne gehen. Zur Diskussion stand die Schweizer Armee. Um nichts weniger als deren Abschaffung ging es. Lukas war extra nach Luzern gefahren, brachte Unterlagen mit, um Grossmutter zu überzeugen. Selbst im Eifer des für die gerechte Sache Kämpfenden sah Lukas bald ein, dass

Grossmutter sich nicht für Politik interessierte. Rein gar nicht. Sie versprach zwar hoch und heilig, sie werde helfen, die Armee abzuschaffen. Aber sie log. Sie warf die Unterlagen unausgefüllt in den Abfalleimer. Wie sie es immer tat bei Abstimmungen.

Zweite Begebenheit: Als Lukas und Ricarda ihr Hochzeitsfest feierten, luden sie zu einem Sommerfest in eine alte Trotte ein. Unter den Gästen war auch Grossmutter. Den ganzen Tag über liess sie kein gutes Haar am Anlass. Alles beanstandete sie: das Essen, die Kleider der Gäste, den Ort. Mit nichts und niemandem war sie zufrieden. Sie zog eine fürchterliche Schnute, nicht einmal für die offiziellen Fotografien riss sie sich zusammen. Gegenüber Lukas spielte sie jedoch Theater, tat so, als ob alles wunderbar wäre. Am Schluss sass sie irgendwo allein in einem Stuhl und wartete auf die Heimfahrt, was niemanden kümmerte.

Dritte Begebenheit: Wenn Lukas Grossmutter besuchte, um über früher zu reden, sprachen sie auch darüber, was Grossmutter tagein, tagaus so machte. Bei dieser Plauderei beklagte sie sich gerne über alle, die mit ihr zu tun hatten. Rosa tat nicht, was sie ihr aufgetragen hatte. Die Söhne sorgten sich nicht in dem Masse, wie sie es sich wünschte. Die Enkel schickten keine Postkarten aus den Ferien. Lang war sie, die Liste ihrer Beschwerden, und sie wurde immer abstruser. Um Grossmutter zu ärgern, drehte der Nachbar links die Lautstärke des Fernsehers auf. Dabei hörte Grossmutter selbst mit ihrem Hörgerät so gut wie nichts. Absichtlich stellte der Abwart ihre Heizung ab, und zwar nur ihre. Was für eine Gemeinheit! Ein leerer Briefkasten war ihr Beweis genug für einen Diebstahl, obwohl der Briefkasten nie aufgebrochen worden war, weshalb Grossmutter den Pöstler verdächtigte. Sobald sie sich in Fahrt redete, holte Lukas die Schachtel mit den Fotos. Ihre Worte taten ihm weh.

Nein, Grossmutters Schattenseiten waren Lukas vertraut. Sie wurden in seiner Geschichte nicht unterschlagen. Er sah Grossmutter nicht ausschliesslich aus der Optik des kleinen Buben, der sein Grossmami gernhatte. Selbstverständlich konnte er solche Erinnerungen abrufen. Doch über die ersten unschuldigen Eindrücke legten sich andere Grossmutter-Bilder. Die späteren Grossmütter vermittelten auch Gefühle der Enttäuschung, des Unverständnisses, des Ärgers und der Trauer. In jedem neuen Lebensabschnitt, als Jugendlicher, als junger Mann und in der Lebensmitte warfen Grossmutters dunkle Seiten einen immer längeren Schatten auf Lukas. Und doch hing er an ihr, weil er spürte, dass Grossmutter gute Gründe hatte, mit sich und der Welt nicht im Reinen zu sein, weil er auf Dokumente und Aussagen stiess, die sie in einem anderen Licht erscheinen liessen.

Wohin hatte Grossmutters Spur den Menschenfresser geführt? Er war ihr ins Archiv gefolgt, tief in die Vergangenheit zurück. Da war er einer jungen hübschen Frau begegnet, die eine Familie zusammenhielt, die längst am Auseinanderbrechen war. Die begabte Frau organisierte, schrieb Briefe, arbeitete und kam auf keinen grünen Zweig. Eine kämpferische Natur, die sich aufrieb, aber wusste, was sie wollte. Vaters Erinnerungen trugen nichts zur Erhellung bei. Die wenigen Anekdoten aus seiner Kindheit liessen keine Rückschlüsse zu, ausser dass die junge Frau in seinen Geschichten fehlte. Von den Gesprächen mit Grossmutter wusste der Historiker, dass die junge Frau ihre zwei Kleinen in der Wohnung einsperren musste, wenn sie zur Arbeit ging. Niemand hätte auf die beiden aufgepasst. Aber die junge Frau verliess auch die Wohnung, weil sie ihren Liebhaber aufsuchte. Lange bevor ihr Mann und die Kinder dahinterkamen.

Lukas' Erinnerungen aus der Kindheit erzählten hingegen von einer geduldigen und sehr präsenten Grossmutter. Stundenlang spielten sie zusammen. Sie brachte ihm und Urs Dinge bei, Jassen und das Lösen von Kreuzworträtseln. Vor allem aber wurden sie von Grossmutter nach Strich und Faden verwöhnt, obschon sie nicht viel Geld besass. Das wussten die Enkel. Grossmutter war arm.

Nach Grossmutters Tod mangelte es in den Gesprächen mit Verwandten nicht an pointierten Zuschreibungen. Kalt liess Josy niemanden. Die Gesprächspartner rangen um eine gerechte Darstellung, vielleicht, weil sie im Historiker nur Lukas sahen, den Enkel und erklärten Liebling Josys. Ihm zuliebe bemühten sie sich um Ausgewogenheit. Keine einfache Frau sei sie gewesen, mit Charakterzügen, die … Schweigen, den Kopf hin und her wiegen. Lukas verstand, was ihm die Seinen zu verstehen gaben. Der Historiker hätte gerne gewusst, wofür die Leerpausen standen, an welche Auseinandersetzungen sie dachten, wenn sie schwiegen. Grossmutter hatte ausgeteilt, aber auch eingesteckt. Sie hatten ihren Kopf.

Über die Jahrzehnte nach Benos Tod wusste der Historiker am wenigsten Bescheid, auch wenn Lukas' Erinnerungen hier einsetzten. Was tat Grossmutter ausser arbeiten? Sie knüpfte Teppiche. Das war ein Hobby von ihr. Alle in der Verwandtschaft besassen zumindest den obligaten Jassteppich. Von ihr lernte Urs das Knüpfen, als er einmal ein paar Tage bei ihr in den Ferien weilte. Immer hatte sie in ihrem Werkzimmer ein Stück in Arbeit. Und sonst? Sowohl Lukas der Enkel als auch Lukas der Historiker verbanden mit dieser Zeit eine seltsame Leere. Mehr als einmal verlor der Menschenfresser die Witterung. Mit Schaudern dachte Lukas an Grossmutters Gesicht zurück, als sie tot im Ledersessel lag. Es lag kein Frieden in diesen starren Augen. Der Mund stand offen.

Mochte Lukas seine Grossmutter? Er wusste nicht, was antworten. An innige Umarmungen erinnerte er sich nicht, Herzlichkeit gehörte nicht zu Grossmutters Eigenschaften. Das hatte ihn aber auch nie an ihr gestört. Grossmutter stand für anderes. Sie vermittelte Fähigkeiten und Erfahrungen. Deshalb war sie für Lukas eine wichtige Persönlichkeit. Das hatte ihm schon im Voraus gedämmert, bevor er ihre Spur aufnahm, und das wurde ihm mit jedem aufgefundenen Beleg, mit jeder Anekdote klarer.

„Hör zu, Lukas, tue vordergründig immer, was die Leute von dir verlangen, dann kannst du tun und lassen, was du willst." Bei jedem zweiten Treffen, an dem sie über früher redeten, hatte Grossmutter Lukas ihr Lebensmotto ans Herz gelegt. Es war ihr ein drängendes Anliegen gewesen. An der Aussage gefiel Lukas das Schlaue, das Berechnende, dennoch mochte er Grossmutters Weisheit nicht. Ihre Rebellion operierte aus dem Hinterhalt. Sie verfolgte eine Taktik, die dem äusseren Zwang geschuldet war, den Grossmutter durchaus richtig einschätzte, wohl weil sie sich mehr als einmal die Finger verbrannt hatte. Hingegen mochte er Grossmutters Lebenskraft: „Tun und lassen, was du willst." Das hatte ihm Eindruck gemacht, weil sie es ihm vorgelebt hatte. Wenn er gegen das Vergessen anschrieb, wehrte er sich gegen die Ungeheuerlichkeit, dass seiner geliebten Grossmutter die Lebensfreude abhandengekommen war.

*

Ruhig greift Grossmutter nach dem Zigarettenetui. Plaudernd klappt sie die Lasche zurück, bevor sie mit Hilfe des Daumens den Mittelfinger der rechten Hand gegen den Boden des Lederetuis schnippt. Ein schneller, kräftiger Stoss. Durch die schmale Öffnung der Box springen zwei, drei Zigaretten. Die oberste zieht Grossmutter heraus und klopft die beiden Enden der filterlosen Parisienne zweimal auf die Tischplatte. Zeit für ein nächstes Wort. Erst dann führt sie die Zigarette, zwischen Zeige- und Mittelfinger der linken Hand geklemmt, an ihre Lippen. In der rechten Hand hält sie das Feuerzeug. Ein Klicken. Den Kopf leicht nach vorne zur Flamme geneigt, wartet sie, bis die Parisienne zu glühen beginnt. Unmerklich richtet sie sich auf und zieht den Rauch tief in ihre Lungen. Lange Sekunden bleibt er in ihrem Innern verborgen, bis sie ihn langsam entspannend freigibt. Fasziniert schaue ich ihr zu.

*

Seit der Vater wusste, dass er zusammen mit Lukas die Orte seiner Kindheit aufsuchen würde, war er am Organisieren. Die Idee dazu stammte von ihm. Schon lange hatte der Vater eine gemeinsame Reise nach Luzern vorgeschlagen. Er wollte dem Historiker die Dinge vor Ort zeigen. So etwas müsse Lukas doch gefallen, meinte er. Lukas stimmte zu. Seither traf der Vater seine Vorbereitungen. Er plante Besuche. Seine in der Stadt lebenden Verwandten wollte er sehen. Ausnahmslos alle. Das Mittagessen wünschte er im Galliker, wie es sich für einen besonderen Anlass gebührte. Kein Telefon verging, ohne dass der Vater nicht eine neue Idee hatte, was sie sich anschauen würden: das Löwendenkmal, den Gütsch, die Holzbrücken, das Bourbaki-Panorama, die neun Stadttürme, das Verkehrshaus, das Fussballstadion. Manchmal kam es Lukas vor, als ob der Vater sich von seinen Nächsten und seiner Stadt verabschieden wollte. Er stattete seiner Heimat einen letzten Besuch ab, jenem Ort, der fast nur noch in der Vergangenheit existierte. Für den Vater war Luzern vor allem eine imaginierte Stadt. Sie existierte in seinen Erinnerungen. Und die Erinnerungen kamen hoch – trotz seiner Durchblutungsstörungen im Kopf. Auch davon berichtete der Vater am Telefon, wie sie, die Neustädter, nach dem Krieg auf den Strassen Fussball spielten und bei den amerikanischen Soldaten, die in der kriegsversehrten Schweiz Urlaub machten, um Kaugummis bettelten.

Die Übergabe des Vaters am Bahnhof verlief problemlos. Lukas bekam von der Mutter ein Gläschen mit den Medikamenten, die der Vater am Mittag einzunehmen hatte, sowie Geld und Ausweise. Bei jedem Zug, der einfuhr, wollte der Vater einsteigen. Es zog in sichtlich nach Luzern. Nach letzten Instruktionen der Mutter, die weder Lukas noch der Vater registrierten, war es soweit. Der einfahrende Zug kam langsam zum Stehen. Der Vater und Lukas betraten das Abteil. Nachdem der Vater sich hingesetzt und seine kalten Hände gerieben hatte, fragte er, wohin sie denn nun fahren würden. Lukas erklärte, sie hätten von Baden aus keinen direkten Zug. Deshalb müssten sie in Zürich umsteigen. Danach schwiegen beide, bis der Vater fragte, ob sie nach Luzern unterwegs seien. Lukas wiederholte seine Erklärungen. Der Vater schien beruhigt. In Zürich stiegen sie um, dann sassen sie sich erneut gegenüber. Umständlich kramte der Vater ei-

nen Zettel aus der Jackentasche. Unter den Durchblutungsstörungen litt auch die Feinmotorik. Endlich
hielt er den Zettel in der Hand. Er war auf beiden Seiten vollgeschrieben. Das Tagesprogramm. Da der Vater des Schreibens nicht mehr fähig war, hatte seine
Frau die Stationen aufgelistet.

„Zuerst gehen wir in die Neustadt. Ich zeige dir das
Haus, in dem ich aufgewachsen bin. Die Brücke zur
Neustadt, bei der wir dem Samichlaus auflauerten und
uns vor den Schmutzlis fürchteten. Die Neustadtstrasse, in der wir Fussball spielten."

Punkt um Punkt las der Vater das Programm vor.
Nach der Neustadt kam die Altstadt an die Reihe, weil
sie zwischen dem Ort seiner Kindheit und der Firma
Kronenberger lag. Bei Kronenberger machte der Vater seine kaufmännische Lehre. Lukas hatte keine Ahnung, in welcher Ecke der Stadt Kronenberger lag.
Mit dem Programm war er einverstanden. Sie würden
mit der Neustadt beginnen. Gemäss dem Vater lag die
gleich hinter dem Bahnhof.

Obwohl sie früh unterwegs waren, herrschte am
Bahnhof Luzern ein mächtiges Gedränge. Zusammen
mit Heerscharen von Touristen und singenden Pfad-
findern, die mit ihren schweren Rucksäcken beim
Verlassen des Zuges um ein Haar den Vater umge-
hauen hätten, strömten sie dem Ausgang zu. Von den

aufgedrehten jungen Leuten liess sich der Vater nicht beirren. Im Gegenteil. Der alte Herr steuerte stracks nach links, auf direktem Weg, mitten durch die Pfadfinder, dem Seitenausgang zu, ohne darauf zu achten, ob Lukas ihm folgte. Vor dem Bahnhofsgebäude bog er um die nächste Ecke und wies mit der Hand nach vorne:

„Da hinten liegt die Neustadt."

Vorbei an den Bürgerhäusern der Belle Epoque marschierten sie in Richtung Süden, den Pilatus vor Augen. Es war ein stahlblauer Morgen mit Sonnenschein. Postkartenwetter. Sie kamen am Kleintheater vorbei, in dem Emil aufgetreten war, der Luzerner Komiker. Allerdings war es Lukas nicht klar, ob der Vater Emil im Theater gesehen hatte. Doch für Fragen blieb keine Zeit, denn der Vater zog aus und steuerte mit Tempo auf eine Kreuzung zu.

„Siehst du die Brücke? In einem der Häuser, die rechts davon stehen, hatte einer von Benos Brüdern ein Geschäft." Während Lukas sich überlegte, welcher von Benos Brüdern das gewesen sein mochte, suchte der Vater schon nach einer breiten Rampe, die in ein Untergeschoss führte. Er fand sie auf Anhieb.

„Dort unten hatte er sein Elektrikergeschäft."

„Und wo ist hier die Neustadt? Müssen wir über die Brücke?"

„Wir sind schon lange in der Neustadt. Du stehst vor der Neustadtstrasse."

Die Neustadtstrasse. Lukas kannte sie nur aus den Erzählungen seiner Familie und aus seinem Aktenstudium im Bundesarchiv, weil die Neustadtstrasse die Adresse der Familie Sidler war. Josys Wohnadresse. Jetzt stand er also vor der Neustadtstrasse und hätte die unscheinbare Seitenstrasse glatt übersehen. Sie führte den Rangierbahnhof entlang, einzig getrennt durch einen Drahtzaun. Es war die erste Strasse hinter den sieben Geleisen. Lukas war aufgeregt und neugierig zugleich, doch der Vater zögerte.

„Na, dann suchen wir dein Haus?"

Zum ersten Mal ging Lukas voran. Sein Vater folgte. Entgegen Lukas' Erwartung sprudelten keine Anekdoten aus ihm heraus. Auf einmal schwieg der Vater und konzentrierte sich auf die Häuser. Vor drei Häuserzeilen, die zwei Gässchen bildeten, welche im rechten Winkel von der Neustadtstrasse abbogen und nach fünfzig Metern bei den Geleisen endeten, blieb er stehen.

„Hier ist es. Sogar das Restaurant gibt es noch."

„Wo genau bist du aufgewachsen?"

„Zuhinterst in der Gasse. Vor den Geleisen."

Der Vater war sich nicht sicher. War es die mittlere oder die hinterste Häuserzeile? Mehrmals ging er die Gassen auf und ab. Gerade als er sich auf die hinterste Häuserzeile festlegte, wurden die beiden Männer bei ihrer Suche von einem erstaunten Ausruf unterbrochen.

„Was macht denn ihr beide hier?"

Hedi, Vaters Cousine, schüttelte den Kopf. Sie stand auf dem Trottoir und wunderte sich. Nach einer kurzen Begrüssung klärte Lukas Hedi auf. Sobald sie begriff, was die beiden Besucher vorhatten, sprudelten die Erinnerungen. Als Kind war Hedi oft zu Besuch gewesen bei Sidlers. Gegenüber der drei Häuserzeilen, wo jetzt das Baugerüst stehe, erklärte sie Lukas, habe es damals einen Früchte- und Gemüsehändler gegeben. Dort habe sie Äpfel klauen müssen, die ihr Vater nachher gegessen habe. Obwohl sie die Früchte besorgt habe, habe er ihr nie etwas davon abgegeben.

„Dort drüben habe ich meine erste Leiche gesehen. Im selben Haus. Der alte Mann im dritten Stock zeigte uns Kindern seine tote Frau, die steif im Bett lag."

„Hier war ein ständiges Gerenne von Kindern."

„Stimmt, auf den Strassen spielten wir Fussball. Die Senklöcher markierten die Tore. Im Winter trugen wir Holzschuhe, gesponsert von der Stadt, für die Kinder der armen Leute."

„Hugo, du bist in der mittleren Häuserzeile aufgewachsen, im 23."

„Stimmt. Anfänglich wohnten wir im Parterre, dann mussten wir zum Ärger von Josy die oberste Wohnung übernehmen. Die im dritten Stock. Josy hatte sich beschwert, weil wir immer alles hochtragen mussten. Ohne Erfolg."

„Schau Hugo, den Balkon mit Sicht auf die Geleise gibt es noch."

Gerührt blickten alle hoch. Tatsächlich, stirnseitig waren Balkone angebracht. Von dort oben hatte man einen Logenplatz mit freiem Blick auf den Rangierbahnhof.

„Sagt, war der Bahnhof nicht furchtbar laut?"

Beide verneinten: „Hier waren wir zu Hause. An den Lärm haben wir uns rasch gewöhnt." Das Betreten der Geleise, fuhr der Vater weiter, sei verboten gewesen, aber sie seien ständig dort herumgestrichen. Eidechsen und Blindschleichen habe er gefangen, und Eisen, das herumgelegen sei, hätten sie dem Italiener auf der anderen Seite der Brücke verkauft.

Während der Vater und seine Cousine sich den Erinnerungen hingaben, trat eine tamilische Grossfamilie aus dem Haus. Lebten früher Arbeiterfamilien im Quartier, waren es heute Migrantinnen und Migranten. Diese Beobachtung stimmte allerdings nur halbwegs. Im Gässchen nebenan, das Hedi und der Vater soeben aufsuchten, waren zwei junge Männer im Begriff, ein Garagentor in ein Kunstobjekt zu verwandeln. Vor ihnen lag ein Haufen Farbdosen. Sobald sie sprayten, trugen sie eine Gasmaske. Doch dafür hatte der Vater keine Augen. Er war mit sich selbst beschäftigt. Da das Garagentor, das bald mit Warhols Konservenbüchse verschönert sein sollte, an das Restaurant anschloss, das schon zu Vaters Zeiten existiert hatte, suchten die beiden alten Leute nach dem Namen des damaligen Besitzers.

„Ich sage dir", triumphierte der Vater, „es war der Grüter. Er hiess Grüter."

„Bist du dir sicher? Ich weiss nur, dass wir Kinder hier Schnaps für die Erwachsenen kauften. Drei Deziliter."

Hedi lachte: „Wäre heute nicht mehr möglich." Plaudernd gingen sie die drei Gässchen auf und ab. Cousin und Cousine voraus, Lukas hinterher.

„Sag mal, willst du nicht auch sehen, wo ich seit vierzig Jahren wohne? Ist ganz nah von hier." Dass

Hedi, die er als Kind immer an Weihnachten besucht hatte, einen Steinwurf von Vaters Geburtshaus entfernt lebte, hatte Lukas nie realisiert.

„Warum hast du uns nie die Neustadtstrasse gezeigt?"

Auf Lukas' Vorwurf ging der Vater nicht ein. Seine Gedanken schweiften weiter zurück, in die Vierzigerjahre. Er machte einen Vergleich zwischen damals und heute. Aus seiner Kindheit hatten sich nur die Geleise und einzelne Häuser in die Gegenwart hinübergerettet. Das meiste war in der Zwischenzeit abgerissen worden, Neues war entstanden, etwa Hedis Wohnblock.

Beim Gang durch Hedis Wohnung blieben sie vor einem Diplom stehen, das an der Wand hing. Es handelte sich um eine humoristische Kopie einer jener Auszeichnungen für den erfolgreichen Abschluss einer Berufsmeisterlehre, wie es sie noch heute in KMU-Betrieben gibt. Der Vater hatte sie vor x-Jahren Toni, Hedis Ehemann, geschenkt. Da sich der Vater für den Text interessierte, las ihn Hedi laut vor. Auf witzige Weise lobte der Vater den Jubilar für seine sachkundige Zubereitung des Kafi Luz. Sie habe schon Besuch gehabt, grinste Hedi, der aufgrund der Schweizer Kreuze geglaubt habe, hier hänge Tonis

Einbürgerungsurkunde. Lukas lachte, nur der Vater blieb ernst:

„Ich finde den Text gut, sogar sehr gut, findet ihr nicht auch?"

War der Vater auf Komplimente aus, dass er sich zu dieser Bemerkung hinreissen liess? In der ersten Irritation schauten sich Hedi und Lukas amüsiert an. Der Verfasser der Zeilen würdigte also die Qualität seiner Dichtung. Erst nach einer Weile, sie waren bereits im Lift, begriff Lukas. Der Vater war vom eigenen Text berührt, weil er jetzt nicht mehr imstande war, so etwas zu schreiben. Als Hedi die Urkunde vorgelesen hatte, hatte der Vater das Ausmass seiner Demenz erkannt.

Zurück auf der Strasse verabschiedeten sie sich. Bevor sie sich zum Mittagessen im Galliker wiedersehen würden, hatten beide noch Dinge zu erledigen. Für die Erneuerung eines Abos suchte Hedi den Bahnhof auf, der Vater und Lukas machten einen Abstecher zum Italiener, der den Kindern früher das Alteisen abgekauft hatte. Doch ausser einer breit angelegten Betonunterführung war jenseits der Brücke nichts zu sehen. Kein Italiener. Kein Eisenwarenlager. Nur Beton.

„Gehen wir zum Kronenberger, wo ich meine Lehre gemacht habe", schlug der Vater vor. „Wir müssen über die Seebrücke und dann rechts einbiegen."

Die nächsten Minuten spazierten sie stumm Seite an Seite durch die Luzerner Altstadt. Die Stadt war endgültig zum Leben erwacht. Alles war in Bewegung. Verkehr und Menschen pulsierten und mittendrin waren Lukas und sein Vater auf der Suche nach Kronenberger. Lukas hing Gedanken nach, ohne dass er hätte sagen können, was ihn beschäftigte. Er folgte seinem Vater, der ihn zielsicher durch die Stadt lotste. Sie gelangten zur Kappellbrücke. Auf der anderen Seite der Reuss quetschten sie sich durch den Markt, überquerten den Schwanenplatz, wechselten die Strassenseite und genossen die Seepromenade, bis sie auf der Höhe der Hofkirche links ins Quartier einbogen. Nach zwei, drei Strassen lichtete sich der Strom von Touristen und Einheimischen.

„Sag mal, wohin gehen wir eigentlich?"

Vaters Frage riss Lukas aus seinem Dämmerzustand. Diesen Moment hatte er sich im Vorfeld oft vorgestellt. Wie sie durch Strassen gingen und sich auf einmal verlaufen würden, weil der demente Vater sich nicht mehr zurechtfand. Dabei war bis jetzt alles wie geschmiert gelaufen.

„Wir wollen zum Kronenberger. Dort hast du deine Lehre gemacht."

„Ja, beim Kronenberger habe ich gestiftet. Wenn wir zum Kronenberger wollen, müssen wir dieser Strasse folgen."

20. Zigarette

Matt fühle ich mich. Ich habe schlecht geschlafen. Der Husten am Morgen ist schlimm, aber wenn ich das meinen Söhnen sage, schimpfen sie mit mir. Solange ich rauche wie ein Schlot, gehe es mit der Gesundheit kaum aufwärts, Medikamente hin oder her. Die haben gut reden. Auf ihre Ratschläge kann ich verzichten. Ich mache, was ich will.

Solange ich eine Zigarette anzünde, lebe ich.

Zeitfracht Medien GmbH
Ferdinand-Jühlke-Straße 7
99095 Erfurt, Deutschland
produktsicherheit@kolibri360.de